無臭の光

山口平良
Hiranaga Yamaguchi

文芸社

無臭の光

1

ローマのアパートをひきはらうことになったのは予定外のことであった。もう少しローマにはいたかったのだが、たった四ヶ月でこの古いがらくたがころがっているような街を離れるのはおしい気がした。しかしカシミールは、僕にしつこく関係をせまってきていたので、このままではきっとよくない出来事が起こるであろう、と考え始めていたのだ。

雨のローマは夕暮れに近くなると、なんともいえない香りが漂ってきて、はじめのうち、これはいったいなんだろうと思っていたのだが、街のいたるところにあふれている、人工的な、機械的な、近代的な新しい香りであることを発見してしまった僕は、笑いが止まらなくなってしまったのだった。

「田舎者の僕など、きっと薄汚れた天使の羽に油をぬっている様子が滑稽だろう。そうだ。カシミールのやつに、今度会ったなら、言っておこう。その髭をそってからやって来いって。お前の方がよっぽど野暮臭い風貌をしているぜ。日本からやって来た僕の方が、どれだけ苦労しているかわからないか？　お前の硬い頭は、トンカチでいくらたたいても、ひびが入るだけで、少しも進歩してはいない。僕はもう君と別れたいのだ。関係を整理したいのだ」

いくら待っていても隣の住人は、なにやら奥の方で、ごそごそしているので僕は待ちきれなくなって、

「……じゃあ、お世話になりました。さようなら」

と言って、ドアを閉めてしまった。

すると奥さんはあわててやってきて、僕の服をうしろからひっぱって、

「はい。……昔よく使っていた爪切りです。記念にさし上げるわ」

と言って、僕の手に握らせた。

「また寄って下さいね。いつでも待っていますから……」

「ありがとうございます。助かります」

僕は階段をおりていって、何度もつまずきそうになりながらやっとの思いで外の道路へ出たのだった。

その日のうちに列車に乗ってミラノにやってきたが、僕のイタリア語は完全ではなく、よくわからない話もあるが、しっかり重要なところはおさえておいて、どうにか安いホテルにとまることができた。

カシミールの影が追いかけてくるような気がして、よく眠れなかった。しかしもう彼とは別れたのであるから、彼の肉体の特徴などはもう忘れ始めていた。

それでも時々うなされて、無関係なことを寝言のようにつぶやいていたのは、まだ未練が残っていたのかもしれなかったが、同性愛の相手としては彼は普通の男性であったので、美しい思い出だけが頭をよぎるのだった。

「僕らは本当に自由のために生きているのだ。そうだろう?　どこまでも、永遠の彼方《かなた》までも、手に手を取って、僕らは共同作業を行うのだ。そうだろう？　だってもう僕らは、普通の関係ではないのだから。そうだろう？　わかるだろう？　君の、東洋の肌は、なんてなめらかなのだろう。これは食文化のちがいからきていることは明らかだが、君の肌は特別豊かに出来上がっている。こんな肌はこれまで触れたことがなかったよ。感激している。そうだろう？　わかるだろう？　君だってそうだろう？」

ゆるやかに手を動かして、カシミールの首をしめつけてやろうと思ったが、その青い瞳の奥に、やさしい光をみつけたので、僕はその手で彼の首筋をなでた。

2

カシミールは悪い連中ともつき合いがあり、彼らとの接点をもってしまったなら、しらないうちに彼らとの距離がちぢまっていることになっているかもしれないのだ。

現に数日前、僕は危険な目に遭いそうになっていた。

カシミールは四次元人なので、彼らの仲間の一人と、喜びの表情をいっぱいうかべて、五次元人の男を暴力的にからかっているのを見た。

「そんなことをしてはいけないよ。君だっていつかは同じようなことされるかもしれない。よくないよ。やめろよ」

彼はそんな僕の言葉におかまいなしに、通りすがりの男をからかい続けていた。

仲間の男もいつまでもニヤニヤとしながら、不満をぶつけるように、手でさかんに男の後頭部をこづいていた。

僕はその場から逃げ去った。

もう彼らとは関わりあいたくないと思ったのだ。

みんな知っていることなので、四次元人と五次元人との対立は、目に見えない所でさかんになってきている。

それはほとんど空気のように意識しないところで確実に進んできているのだ。

『四次元人はタイム・マシンに乗れない人々のことである（世界中の人々の三割）』

僕は、バイクに乗れない人がいるように、ベンツに乗れないので、クルマの運転は下手である。

このように人々には、出来ることと、出来ないことがあり、それはほんのささいな、とるにたりないことなのであり、ほとんどその人の趣味の問題なので、いちいち目くじらを立てることではないのだが、重要な問題に発展してしまった、このタイム・マシンに乗れる人、乗れない人の問題は、かつてのクロマニヨン人とネアンデルタール人の関係のようになってきてしまったのだった。

僕は五次元人なので、一度だけ、タイム・マシンに乗って、過去の世界へ行ったことがある。

ほんのささいな旅行だったので、もっとお金をためて、いっぱい豪華な食事をとりながら、長い過去の旅行へ再び行けるように願ったのだが、あいかわらずつまらない生活を続けているので、二度目はいつ行けるかもわからない。

ところでミラノの生活は最初から大変な苦労をしょいこんでしまったようだった。この街には全然知り合いがいないので、僕はまったくの孤独の状態から始めなければならなかったのだが、やっと働き口が見つかった時、とんでもない失敗を犯してしまったのだった。

僕は日本から持ってきていた、だいじにしていた淡い色の薄いセーターをなくしてしまったのだ。

あれは女友達の咲子が僕のために編んでくれた一枚だったのに、これで僕は日本から持ってきていたものすべてを失うことになってしまったのだった。

咲子にはすまない思いでいっぱいであったが、どうせもう会うことはないのだから、別にわびることもない、過去の思い出は、このようにあせていくのだ、そう思うようになった。

彼女は僕の同性愛を知っていて、

「どうせくだらない男たちと、最後の晩餐をするのでしょう。わたしなんか、とてもよい友達になる資格を持っているだけなわけでしょう」

と、よく僕のことを理解していてくれて、一度も女らしい素ぶりを見せなかった。

「君は四次元人だろう?」

「そうよ」

「五次元の世界を見ることが出来なくてさびしいだろう?」

「そうでもないわよ。テレビや写真で見られるもの……。それにあんなところへ行ったって、ただ、ぼんやりと、立ちどまって、口を開けて、馬鹿みたいな顔をして、眺めているだけだって言うじゃあないの。まるで変人よ。くだらないことに興味を持っている人々のようで、悲しくなるよ」

「そんなことはないさ。慣れてくれれば、自由に行動できる。それに、……」

「今、変なこと、言おうとしたでしょう」

「僕は男だけに興味があるのさ。一生独身で過ごすつもりだしね」

「もっと、顔をひきしめることね」

「いい顔になってきているだろう?」

「まだ、まだ」

「金属的な肌の感触に、そして冷たさに、そして……」


カシミールのわがままは可愛いうちは楽しかったけれど、いつのまにかいやになってきてしまっていたので、うるさく感じ出してもいたのだ。

ようやくいい友達が出来たと思ったのに悲しい結末は迎えたくなかったので、彼とは早めに別れてしまって本当によかったと思った。

ミラノはファッションの街だというけれど、どこがファッショナブルなのかよくわからない。

自分がこういう人間なので、よくわからない。

どうでもいい。そんなことに興味が向くほどの余裕がないのだ。

そんな自分が悲しい。

3

近くの住宅で、事件が起きてしまった。

家族でタイム・マシン旅行に行っていた部屋が、何者かによって荒らされてしまったのであった。

「四次元人の犯行であろう。彼らの意図は明白である。彼らの心は五次元人たちへの抗議から、反抗へ、そして対立へと進み出している。五次元人たちは、タイム・マシンに乗って、五次元の世界へ安心して出かけることも出来なくなってきているのだ。留守宅がねらわれるのだ。このままではいけない」

『五次元の世界とは、過去と未来のある世界である』

このような事件は、連鎖反応的に、続けて起こるものである。

次々と飛び火した犯行は、またたくまに周辺地域に広まっていったが、一週間ほどして、起こらなくなったのだった。

『生物は、三次元の世界に住む動物と、さらに、四次元と五次元の世界に住む人間とに分かれたのである』

タイム・マシンは光よりも速い速度で走るので、僕は最初はちょっと怖い気もしたが、慣れると、ごく普通の乗り物であるということがわかってきた。

タイム・マシンは、光よりも速く走らないと、五次元の世界へ行けないのだ。

タイム・マシンの推進力は、磁力である。

磁力は、超空間においては、光よりもすばらしくスピードを出すことが出来るのだ。だんだんとむずかしくなるぞ。

空間はゆがむのである。惑星の重力などでもゆがむ。そこを通る光は曲がる。したがって空間は、目に見えない一つの物質である。

超空間とは、空間を存在させる、さらに大きな空間のことである。

言いおくれたけれど、僕は西条という。しかし、名前などどうでもよい。じつは名前はないのだ。本当に僕には名前がないのである。不自由をするであろうと思うかもしれないが、たしかに一般の市民生活は送っていけないのだが、僕は生活しているのであり、名前がなくてもちゃんとやっていけるのである。

世の中はじつにうまく出来上がっているもので、こんな僕にも、生きていく力をお与え下さったお方がいるのである。感謝の気持でいっぱいである。

八月四日生まれ。六十九歳。驚く人もいるであろうが、僕は二十歳は若く見られるので、特別なことをして生きてきたわけでもないが、この若々しい容貌は、ちょっと自慢である。

人は時には、自分の年齢を誇示して、相手を見下すような態度をとることがあるが、あんなものは、自分の死が近づいてきているのも知らずに、自分の錆に気づかずに、いばっているようなもので、僕からみるとあわれなものである。

僕の素顔を少し出してしまったようだな。

僕は毎日をあきれるほど精力的に働かなければならなかった。そうしなければこの外国で生活していけないのであった。

「西条さん。もうそこはいいですから、こっちの方をきれいにかたづけてください」

「はい。かしこまりました」

「そんなに一生懸命やっていたなら、からだがもちませんよ。もっと、ゆっくり、やりなさい」

「わかりました」

道路工事の近くには、美しく洗練された、なやましい猫のような、しなやかな二本の脚が、さかんに行きかっていたが、まるであわただしく過ぎていく時間のように、本当にただ通り過ぎるだけなのだ。

「西条。どうして、そんなにおびえるように私を見るのだ。気分が悪くなるからやめてくれ」

「いいえ。おびえてなんかいません」

「うそをつけ。このやろう」

「誤解しないでください。誤解するな」

現場監督の男は、僕のあごを手でちょっと上げて、

「そうだ。それでいいんだ。元気があるじゃあないか。まったくお前は、気の弱そうな顔をしているなあ」

と言って、さらに鼻先を指ではじいた。

僕はもうどきどきしてしまって、心の中で、（いい人とめぐり会えた、なんて、すばらしい男性的なアプローチをしてくる人だろう、すばらしい、一目惚れだ、なんてついている日なのだろう）と感激にいっそうおびえた表情で、彼の背中をなめるように下の方へ視線を移動させていった。

雨が降り始めていたが、私たちは働き続けていた。

そのうちにどしゃぶりになってきたが、私たちはやめようとはしなかった。

「イタリア人はなんて働き者なのであろう」

僕はぬれた顔をくしゃくしゃにして、唇から入りこむ雨粒のしょっぱい味に顔をしかめながら、あきれていた。

そのうちにさすがの彼らもうんざりしてきたらしく、手を休めて、激しくののしるようになにかを言い合うと、さっさとトラックの中へ入ってしまった。

僕も入れてもらおうとしているとドアの内側から、

「お前はだめだ。だめだ。だめだ」

と指を立てて言っている。

「寒いよう。風邪をひいてしまう」

「だめだめ。あっちで休んでくれ」

指さす方を見ると、傘が一本路上に置いてあった。

「なんだ。傘もあるのかい」

僕は傘を拾いに行くと、その傘は横からやってきた一人の男がさっと拾って持っていってしまった。

「僕の傘だ」

「俺が先に拾ったのだから、俺の物だ」

後ろで笑い声がしている。

美しい女性が近寄ってきて、

「あなたの傘は、これですよ」

と言うと、妙に派手な女物の傘を頭の上にさし出してきたので、僕は照れてしまって、どのように行動していいのかまったくわからなくなってしまった。

結局その小さな傘はだらしなく僕の右手ににぎられていたが、肩身の狭い思いで、しばらく喜劇役者のように、路上に立っていた。

「西条。御婦人の親切に甘えているな。西条。どうしたのだ？　何故立っているのだ？　何故そんなに、無表情な顔をしているのだ？」

雨がいっそう激しく降り続いていた。

うなされて目をさますと、カシミールの顔が浮かんできて、

「なんで僕をすてたのだ。ひどいじゃあないか。どうしてそんなに冷たいことができるのだ。西条。西条。西条……」

と遠くの方から、のろいの言葉のように聞こえてくるのだった。

「ちぇっ、悪い夢をまた見てしまった」

僕はもううんざりして、布団を頭からかぶってまた熟睡した。

雨の音がしきりにしていて、明日は休みだと思った。

ところが翌朝起きてみると、空は青空が広がっていて、雲などひとつもないのだった。

「やれやれ。これでまた一日働くことが出来るぞ。楽しい一日になるぞ。こうでなくちゃあいけないのだ。さあ、がんばろう」

関節が痛くてしかたがなかったが、すぐに慣れて楽になるものだと知っていたので、無理をしてでもからだを酷使しなければだめなのだ。

「親方。いいひげをのばしていますね？」

「西条の無精ひげはきたないからそった方がいいぞ」

「親方。いい爪の色をしていますね」

「ピンク色で健康なしるしだぞ」

僕は彼の姿が気になってしかたがないので、いちいち彼の様子を観察した。

彼は気取って、横顔をさかんに僕の方へ向けてくるので、その鼻筋のとおった、高い西洋風の、白人のシンボルのような凛々しいギリシア彫刻のモデルに似た彼のたくましい労働の始まりの姿に、わけもなく興奮してきてしまって、思わず生つばをのみ込んだのだった。

4

なくしたと思っていた咲子からもらったセーターが、隣の家の窓の外に干してあるのを発見した僕は、どうしてあんなところにセーターがあるのだろうと疑った。

隣の家は、窓を開けると、すぐ手が届くほど壁の一部が接近していて、じゃまな感じで、僕の生活空間を、日かげにしてしまっているのであった。

僕はあのとき、下へ落としてしまったかもしれないと思ってはいたのだが、それほど気にすることもなく、もうあんなものはいらない、わざわざ探すほどのものでもない、と思って、それっきりにして、地面の方を見る気もしなかったのだ。

それがあのように、きれいに洗われて、日の光の中に、輝いているのをみつけてしまった僕は、後悔のようなものを感じて、むくむくと所有欲が出てきてしまった。

びくびくしながら、僕は隣の家へ行った。

「あの……。セーターのことですけれど……」

奥さんは僕を見ると、驚いた表情で、目をさかんに動かして、おろおろしながら、つぶやき始めた。

「……あんなものを勝手にうちの方へ落としておいて、まるでなにか、計画があるのでしょう。そうでしょう。うちへ来るきっかけを作って、そうして、何かをたくらんでいるのでしょう。わかりましたよ。あなたの心の中が。東洋人の考えることは、まったく理解出来ない。あんなセーター一枚ぐらいで、うちのことを調べることが出来るとでも思っているのかしら。とんでもないわ。ちゃんと洗っておいたから、すぐに、持って帰って下さいよ。わかりましたか？　わかったの？　ええ？　ええ？　……」

僕は言い返してやった。

「わざとやったのではないのです。すみません。わざわざ洗ってくれなくてもよかったのに。本当にすみません。ありがとうございました。お宅はなかなか素晴らしい家具がありますね。立派ですね。お金もありそうですね。よくわかりましたよ。イッヒッヒッ」

中年の女性はもう顔を真っ赤にして、すぐにでもおこり出しそうであったが、ほっとため息をついて、心を静めている様子であった。

「今持って来ますからね」

「奥さん一人ですか?」

女性は急に立ち止まってしまって、肩がふるえているのがよくわかるのだった。

僕はセーターを受け取ると、じっと女性の目を見つめて、あやしいほほえみを浮かべていた。

「あなた。変な真似をしたら警察を呼びますよ。わかりましたね。いいですね」

「……」

「さよなら」

奥さんは僕の胸をおすと、外へ追い出すように力を込めて、いっきに僕のへそのあたりにパンチをくらわしてきた。

「痛い。痛いなあ」

僕はさらにほほえみを浮かべ、ていねいにおじぎをして、ゆっくりとその家をあとにした。

咲子のセーターは妙にちぢんでしまっていて、やっと腕をとおすと、なんだかタイツのようになってしまっていて、かっこう悪い気がしたが、それでもいい香りがしたので、なんとなくうれしくなってしまった。

これで一人、近くに気の合わない人をつくってしまったと思ったが、別に顔を合わせる機会などめったにないので、気楽に相変わらず窓の外の壁をみつめては、じゃまな存在であると、つくづく思っていた。

一週間ほど経ってから、もう顔を合わせたくないと思っていた彼女にまた会ってしまった。

こそこそと僕はかくれるように、路地のすみの方を、遠慮がちに通り過ぎようとしたのだが、いきなりつまずいて、足取りを乱してしまった。

すると彼女は悲鳴を上げて、あわてて走り出し、すばらしい速さで角を曲がってしまったのだった。

僕の体力はこの頃上昇していて、こんな高齢であるにもかかわらず、肉体労働に耐えうるほどの力があったのである。

したがって仕事を続けることは問題ではなかったが、かなり強引なやり方で、生活費をかせいでいるようであったので、つくづく自分の心の貧しさがなさけなかった。

しかしこんなに高齢な僕が、肉体労働をして、生きていかなければならない、という事実は、ものすごいことであり、それに耐えていける自分は、ものすごい人であると、思うのだった。

僕はなぜこのような暮らしをしているのか?

境遇のせいである。

責任感が強いからである。

生命力があるからである。

ミラノでは日本では考えられないほどの、美しい男が多いので、元気いっぱいである。こんな僕なので、さすらい人のような、異星人のような、美しい人生を気楽に生きて簡単に死んでいける、動物的なノラ犬のようなわびしさを漂わせている僕は、力を失った時、路上で死ぬのである。

だれも助けてくれない。だれも気にとめてもくれない。そうして大胆に、くずれるように、大地に地響きをたてて、倒れるまで生きていようと思う。

現場監督の彼は、すばらしい美男を連れてきた。

その男はファッションモデルをやっているのだ。そのすらりとのびきった肢体から発散している若々しい緑の葉っぱのような植物的な香りは、健康的な臭いとともに、僕を襲ってくる。

なんという男なのだろう。人工の最上の仕上りに出来上がっているかたちは、すべての理想の神の上に位置するものであり、これに比べたならば、女性などは、はるか雲の下の、昼寝をしているビーナスであり、ビーナスだって時にはいびきをかくのであり、美しさとは絶望と紙一重であることをビーナスは教えてくれる。

彼はちがう。彼はその物静かな中に、激しいリズムを、心臓の鼓動とともに、僕らに伝えてくる。

それはなつかしい生命のリズムであり、ビーナスのいびきのリズムではないのだ。

「西条。そんなに興奮して恥ずかしいものだ。西条は田舎者だからな」

「西条というのかい？　へえー？」

僕は無口になってしまう。言葉などはいらないのだ。

ああ、なんていう幸せな時間が過ぎていくのだろう。このまま時が止まってしまってもいい。僕はそれを望んでいる。望まない人間がどこにいるであろう……。

5

工事現場で事故が起きてしまった。

クルマが突っ込んできたのだ。注意しているはずの安全のための人々の努力は、あっちへ行っている間に、手からすりぬけてしまったのであった。

大けがを負った労働者は、すぐに病院へ運ばれていったが、突っ込んできたクルマの運転手は、笑顔でさかんに深く頭を下げていた。

「だいたい注意すれば、誰だってわかるだろう。徐行をすれば、よかったのだ。ぼやぼやしているからだ。なにをしていたのだ」

僕ははっきりと見ていた。

この男は一瞬よそ見をしていた。思わず視線が前方から下へ向き、そして横の何かを取ろうとしていた。

徐行すれば、安全に通り過ぎていたのに、彼はまちがって、思いっきり他の方向へ走ってしまった。

「何を取ろうとしていたのだい？」

「え？　……何をって……」

「何かを取ろうとしていたじゃあないか？　ええ？」

彼は目を丸くして、いったいこの男は何者なのだ、といった顔をして、僕を見た。

「ペンを取ろうとしたのです。不注意でした」

「ペンを？　ペンを取って、どうしようというのだ？　何かを書こうとしたのか？　ええ？」

「それは、……、その、……」

「クルマを運転しながら、文字を書こうとするなんて、まったく変な男だな。だからこんな事故になるのだ」

「西条。いったい、どうしたんだ?」

「この男はうそをついている。犯罪者特有のうそをついている。うそをついているぞ」

「あっ、ペンがあったぞ」

「このペンを取ろうとしたのか?」

「はい」

「とんでもないやつだな」

「こんなペンは捨ててしまえ。えい」

男は下を向いて、事故の責任の重さにあらためて気持を沈ませているようであった。

僕はこの男はうそをつき続けると思ったので、近づいていって、

「本当のことを言え。言わないと、ぶんなぐるぞ」

と低い声ですごんでみせた。

「もういいでしょう。ゆるしてください」

「僕はゆるさない。絶対ゆるすものか」

「西条。何をいつまでも言っているのだ。さあ、行くぞ。あとは、警察にまかせるのだ」

「僕はゆるさない。ゆるすものか」

人々は立ち止まって見ていたが、それぞれにやがて歩き出して、もう不安な顔など二度とすることもなく、明るい会話で事故のことを語るだろう。

世の中などそんなものなのだ。冷たいものだ。この冷たさが、しかし必要なのだ。この冷たさのおかげで人々は安全に生きていけるのだ。温かいやさしい感情は、時には必要ではないのだ。人はやさしさだけでは生きてはいけないのだ。四次元人と五次元人のいる社会は、冷たい関係が支配を始めていた。

さっそく事故を起こした人は、どちらであるか警察にたずねられるだろう。そして彼は正直に言うだろう。

僕は僕のカンから彼は五次元人であると思うのだが、はっきりとはわからないから、警察はさらに念入りに調べるだろう。

「写真はありますか？　旅行会社にといただしてみます。うそを言ってもわかりますよ」

その日僕たちは仕事をやめなかった。もくもくと働き続けた。額に光る汗はいつのまにか、からだ中に流れ込み、不快なねばねばとした感触を味わいながら、それでも地面の工事の複雑な場所をいろいろに手作業でていねいに、丸く掘ったり、四角に切り取ったり、平行につないだり、球のかたちにふくらませてみたり、それはそれはさまざまなことを続けてしたのだった。

わきを通るクルマの音に驚いて、ちょっと不安を感じたりもしたが、いつまでも通り過ぎるクルマに、注意していてもきりがないので、不安を忘れて、もくもくとただ時間の経つのも忘れていた。

男はやはり五次元人であったが、タイム・マシンに乗ったことはなかった。乗らなくてもタイム・マシンに乗れることはわかるのであり、本人の言葉のとおりに警察には記録されるのである。

うそをつく人もいるが、

「俺のつむじが、右巻きであろうが、左巻きであろうが、勝手なことだ」

と言っておこり出す人もいるのだった。

「いいかげんにしてくれ。人種差別のようなことはやるべきではない」

そう言う人もいるのだ。

私はべつにこだわっているのではない。人はそれぞれに生きていく道はちがうのであり、人は助け合って、お互いを尊重し合いながら、他人の欠点を補いながら、集団生活を送っていくのであり、動物のように肉を食べ、木の実を食べ、気ままに生きていくものとはちがうのだ。

それでも非常に重要な点を、この問題が示しているようになってきていた。

私は恐れている。人工の世界は、動物的なものを排除していくことを。


事故に遭った彼は苦しそうにベッドに横たわっていた。

容態は変わっていないということであった。

僕は自然と隣の男の腰のあたりをさわっていたのだが、なんとなくそうしていると落ち着いてくるのだった。

意識はあるのだが、変なつぶやきをくり返していて、まるでこわれたしゃべる人形のようであった。

そのうちに彼が突然目を開けたので、僕たちは驚いてしまい、

「おい、だいじょうぶか？」

「しっかりしろ。元気をだせ」

などと口々に言い合っていたのだが、彼はそんな僕たちの心配をよそに、また静かに目を閉じると、ぶつぶつと何かをつぶやきつづけていた。

看護師さんが僕たちは部屋の外へ出るようにと言ったので、あまり彼を刺激してもいけないのだと思い、そっと彼からはなれたのだった。

「どうしよう。彼には家族がいないんだ」

「……」

「……」

僕たちはどうしたらいいのかまったくわからず、ただおろおろするばかりであった。

そうしていつのまにかお互いの肩を抱き合って、寂しく涙を流し始めていた。

僕はこんなみじめな感情は久しぶりに味わったので、欲求不満になりそうであったが、みんな肩をおとして、力なくいつまでも病院の片隅の方で、意味もなくタバコをふかしていた。

一人の看護師さんがやって来て、

「会社の方では、彼の診療費を出してやることは出来るのでしょうか？」

とたずねた。

「もちろんです。もちろんですよ」

「それなら、……、あなた、……あなたが、やさしそうなので、ちょっといっしょにきて下さい」

そう言って、僕の手を取ってひっぱっていった。

「……けがのぐあいは、複雑骨折をしているので、治るまでには日にちがかかります。あなたが時々見舞いに来て下さい。いいですね。わかりましたね」

「はい。わかりました」

僕はあまり考えないで、言ってしまったが、あとになってから、そんなひまがあるのであろうかと考え直していた。

看護師さんはまるで学校の先生のような大人の顔をして、僕の顔を、説得するようにじっと見つめてしゃべるので、なにか悪いことをしておこられているだめな生徒になってしまった僕は、心の中では、大変な任務をまかせられてしまったと、悩み始めていたのだった。

6

　ある日病室でばったりと加害者であった男と出会ってしまった僕は、いきなり彼の頭をぶんなぐってやったが、それでも満足できず、近くの壁にその頭を思いきりぶつけてやった。

「乱暴はやめたまえ。これ以上、そんなことをしたって、意味のないことなのだ。そうだろう？　君は恥ずかしくないのか？」

　男は妙にきどって、痛い頭を手でさすりながら、僕のこの見かけによらない、激しい感情の噴出を、とまどっているように、冷静な心をとりもどそうと必死であった。

僕はざまあみろと思い、また、何かをやろうと、ちょっと手を動かすと、男はそのまま外へ行ってしまい、しばらく経ってから、いかにもすっきりとした顔をしてもどってきた。

やっと僕は冷静な気持になることが出来たので、

「やあ、わざわざすみません。手術の経過も良いようですし、とても安心していられる状態のようですよ」

とにこやかな笑顔をつくって言った。

「そうですか。それは良かった」

ベッドの上で僕たちの様子を見ていた彼は、なんという男たちであろうという目をして、それでも病人らしく、落ち着いて、

「静かにしてください。みんなに迷惑がかかりますから……。西条。お前がいけないよ。だれにだって、過失はあるものだ。いつまでも根にもっているなんて、君は男らしくない。恥ずかしい。まるでいやな感じだったよ、ボクは……」

と天井を見つめながら語った。

僕はその様子に、彼はこれまでよりも、つらいことに対して寛大な人間になってしまった、と感じ、いっそうつらいことに対して、ひとりごとをつぶやくようになってしまったのだと思った。

加害者の男は、ていねいにあらためて彼にあいさつをすると、どこから持ってきたのか、けして美しいとはいえない花の束を、無造作に花瓶に入れた。

男は交通事故を起こしたために、すでにそうとう精神を、ボロボロにさせているようであったが、少しも表面には出さず、むしろ明るいどこかの国の、有能なセールスマンのような、陰影を帯びた端整な顔立ちの、どことなく青白い肌に、赤味をほんのりと浮かべていた。

僕はこんな時でも、男の品定めをしてしまうので、なんと素晴らしい、ういういしい心をそのまま素直に出している、感じのよい男であろう、と思ってしまった。

しかし男はそんな僕にはおかまいなしに、すぐに見舞いのためのやさしい言葉を残すと、立ち上がって、

「では、十分、健康になってください」

と言って、僕など見ずに、病室をはなれた。

時間が経つにつれ、四次元人と五次元人との、目に見えない対立は、危険な方向へむかっていた。

それは事件としてはあまりわからなかったが、これまで親しくしていた、近所の人たちや、家族の中や、仕事先での人間関係において、もはやさまざまなことが、起こり始めていた。

そんな社会の雰囲気の中で、ついに重大な出来事が表面上に浮かび上がってきてしまったのだ。

四次元人たちによる、組織的なレイプ事件が続けて起こってしまったのである。

被害者たちはすべて五次元人であり、わざわざ対立する四次元人と五次元人に、いっそう不安な気持を起こさせてしまったのだった。

私たちはこれ以上、四次元人たちの自由を許しておくわけにはいかない、と考えるようになった。

そして地球上のすべての国々の政府は、あらためてこの問題に対して、決着をつける必要にせまられてきていた。

僕はもう止めることのできない、人々の不安は、パニックの一歩手前であり、明日のことさえわからない生活は、厳重な厳しい規則が必要になると思った。

しかし急激に四次元人と五次元人との対立は深まり、ある国では、ついに紛争が始まってしまったのだった。

僕は相変わらず、日夜労働をしていたが、人々の口から出てくる話題は、このことばかりで、うんざりしたが、仲のよい四次元人と五次元人もいるのだから、解決の道はいずれひらけてくるものとばかり考えていた。

いつまでも人種差別をしていても、平和な世界はおとずれないのであり、人はさまざまな人たちが、いっしょに生活しているのであり、昔にもどってしまったような、こんな部族対立は、けして人間のすることではない、そんな時代になっているのだ。

僕たちはまたいつでもタイム・マシンという、高性能な機械により、過去への旅に出かけることが出来る。

四次元人の人たちが行けないからといって、それはたいした問題ではないのだ。

僕は突然あの隣の家の人から、留守宅を四次元人から守るために、ぜひ警備してほしい、とたのまれた。

「……ほんの一ヶ月ほど留守にするのです。だからあなたのような、生活に不自由している方なら、どんなにありがたいと思うような……、勝手に暮らしてもよいのですよ。うれしいでしょう？　でも、ちゃんと、電気料金も、ガス料金も、調べますから、むだ使いをしたなら、わかりますよ」

「……そんなに僕を信用してもいいのですか？　どうしてそのようなことを……」

僕はこの時、何か危険な香りがしたが、ことわることもないと思って、久しぶりによい生活ができるとも思った。

この家の家族は、子供が二人と、両親であった。

御主人は気さくな、背の高い、二枚目の、活動的な足の長い、ちょっと落ち着きの足りない人であった。

でも奥さんときたら、目のきつい、神経質そうな、深みのある両目から発散する光は、あやしく僕を刺すように、いろいろな色気とはほど遠い、さかんに狂気のような、まばたきを感じるのだった。

「あなたなら立派にこの家を安全に守ることが出来ると主人と相談して決定したことなのです。ここにサインをしてください」

「え？　ずいぶん立派な書類ですね？　なにかの、重大な、契約書のようですね？　内容をよく読まないと……」

しかしイタリア語で小さく長々と書かれた文章はまるで読みにくくて、僕はあきらめて、すぐにサインしてしまった。

『SAIJO』

「奥さんはあんなに僕をきらっていたのに、どうして僕のような人間に、自分の財産をたくしたのですか？」

「うちの妻は、表面はちょっと変わり者に見えますが、内面は非常にデリケートな、美しい魂の持ち主なのです。誤解されやすいので、私は、苦労しますが、それも今では、気にならなくなりました……」

「え？　この女性が、……、そうですか？　本当ですか？　まあ、僕なども、誤解されやすいタイプですから、気持はわかりますけれど、……。しかし、御主人。ほんとうにいやな女性だと、最初は思ったのですよ」

奥さんは、くすっ、と笑って、また、なにやら、秘密めいた輝きの、気にいらない悪魔のような敏捷な目をきょろきょろと動かした。

「まったく相性のわるい人だなあ。こんな人の家の中で暮らすなんて、なにかのまちがいの始まりだよ。それにこの家族は、どことなく変な所があるぞ。いったい何者なのだ？　こういう人たちはあまりイタリアにはいないぞ。いやいや、僕の考えちがいかもしれない。なんたって、僕は、日本人なのだから……。それにしても本当に運命というものはわからないぞ。いつもいい方に、運が傾いていくかわからないぞ。これで、もう、僕は、一生、明日食べるパンのために、頭を悩ますことなどなくなるかもしれないのだ。そうだ、そうなのだ。女神は、僕に、ほほえみかけているのだ……」

「じゃあ、私たちは、明日から出かけますから……。くれぐれも、注意して、私たちが帰ってきた時に、あまり心配の種をまいておかないように……」

「ええ。ええ。もちろんですよ」

「ところで、あなたは、五次元人ですか？」

「……そうです」

「そうでしょうね」

「……」

僕はあやしい彼らの雰囲気にますます疑惑を深めたが、いずれ彼らとは無関係な人間同士にもどるのだと、契約書を見つめながら、さしあたり一ヶ月の間、無事に家を守ることだけに専念したいと思ったのだった。

見ると御主人は僕など食べたこともなかった、大きなチーズのかけらを、まるでお菓子のように口につめ込んで、おいしそうに食べていた。

「……僕だって、明日から、ああやって、いっぱい食べてやるぞ。あの冷蔵庫の中には、さまざまなものが、僕に食べられるために、まっているのだ」

僕は御主人がいとも簡単にチーズをのみ込んでしまったので、あっけにとられて見ていたが、ああいう食べ方もあるのだ、いちいちチーズの味を味わって食べるということなど、やさしい食べ方なのだ、と思った。


一日目の晩、すぐに窓にあやしい影が動いた。

やって来たな、と僕はゆっくりと外へ出てみた。

しかし人影は逃げるように去って行ってしまった。どうせああいうやつらは、またやって来るのだと、僕は不安な気持のまま明日の労働のために早めに眠りについた。

二日目の夜、また外に人の気配がしたので、出てみると、近くの人たちが集まって、なにやら話し合いをしているのだった。

「この付近に不審な四次元人たちの盗賊が、この頃よく見かけられるということです。あまり心配するほどのことでもないと思いますが、万が一ということがありますので、ちょっと注意していた方がよいと思います。……西条さんといいましたね？

ごくろうさまです」

「いいえ。大切な御家庭をあずかっていますので、どんなことをしても守りきりたいと思います。僕は、こうして、力には自信がありますので、十分みなさまのために協力して守ることが出来ると思います」

「心強いですね。あなたのような人は、たのもしい」

僕はみんなと愉快に話してその日もぐっすりと明日の仕事のために休養をとった。

三日、四日経っても何事も起こらず、僕がこの家にいることで、きわめて僕の存在が社会にとって重要なことになっている、と僕は感じ始めていた。

僕はもう一家のあるじになってしまって、勝手にソファーにふんぞりかえり、テレビのおもしろい映像に見入っていたり、トイレの中でいけないと思いながらも、紙くずのようになって便器の周囲の異臭を気にせずに、芳香スプレーなどは一度も使うまいと決心した。

四次元人たちはどこでどうやって調べてくるのか、昼間のうちにやって来ていて、戸締りしてあるはずの、いたるところから侵入しようとしていた。

しかし鍵をこわしてまでも入り込むことはなく、窓ガラスも安全に光っていたが、家の周りには、数多くの新しい足跡が無数に残っていて、それらはまるで僕に対する無言の圧力となっていた。

近所の人たちも時々は注意しているのだが、中には四次元人もいて、影では連絡をとり合っている、などというううわさも流れていて、もうまるで頭の痛くなることばかりで、気にしだすと気になって仕方がないといった感じであった。

だから僕はあまり考えないようにしていて、いざとなったら、暴力をふるおうと、殺人を犯そうと、そんなことは契約書に書かれてあるので、責任はいっさい僕なのだから、僕はこういう自由な身なのであるから、いざとなったら、死ぬまで敵を倒してやろうと考え続けていたのだ。

こうした僕の意気込みは伝わるもので、四次元人の盗賊も、最後まで一歩手前のところで、踏み込めないでいる。

「西条。いい仕事を見つけたな。うらやましいよ」

「そのうちに襲われるかもしれない。その時はその時さ。でも、やられてしまったら、お金も入らないし、さびしいものさ。いい仕事ではないよ」

「うまくやればいいのさ。取り引きをするのさ。相手と……」

「僕はそんな不正は許さない。そうだろう？　だって、彼らは、僕を信用して、僕を信頼して……」

「……何ごとにも、裏というものがあるのさ……」

「いやなことを言うな」

「命はおしいだろう？」

「この野郎。僕を侮辱するのか？　まあ、そういう、やり方もあるな。考えておこう。でもやっぱりいやだなあ」

7

六日目の夜郵便物の中に、自分宛てのものを見いだした僕は、それがこの家の奥さんからのものであることに気づくと、あわてて封を切った。

僕はまるで彼女に監視されているように感じ、わけもなく身を固くして、おそるおそる読み出したが、何を言いたいのか少しもわからない文面で、むしゃくしゃしてきたので、思いきって、高価そうなハムを取り出すと、食べてしまった。

そのおいしさといったら、口では表現出来ないくらいなので、また食べたいと思い、二枚めを食べてしまった。

「……旅の途中でわけもなく家のことが心配になり、こんな手紙を書いてしまいました。

許してください。

お元気ですか？

こちらはとても天気もよく、順調に旅は続いていますが、予定外のことが一つ起こりました。

それは西暦三千年頃を通過中、地球の異変を目撃してしまったのです。

地球はだめです。

もう終わりです。

さようならです。

旅行先では、昔風の食事ばかりで、めずらしいものもありますけれど、口に合わないものも多く、苦労していますが、主人は雑食性なので、子供たちもそれに似て大食いなので、楽しそうですよ。

ところで家の方はだいじょうぶですか？

西条さんのことですから、私たちは安心していますが、もしも、最悪のことが起こってしまったのなら、私たちは悲しみますよ。

いいですか、西条さん。

私たちは、あなたがすべてです。

わかっているでしょうね。

今回は、これまで」


その夜のことであった。

三人の男がたずねて来たので、私は入口で彼らの様子を観察してから、彼らの「市の特別住宅安全基準法に、この住宅が合っているかどうか調べたい」という言葉に、不審を抱いたが、

「昼間はいつも留守なので、隣の家の方にも相談して、今やって来たのです。隣の方は、ほら、うしろにいますよ、だから、安心して、私たちはこの制服でもわかるように、市の住宅課の者ですから、入れてください」

そう言うので、よくわからない法律の名を出してきたこともあり、ちょっとおかしいとは思ったのだが、入れることにした。

するとうすら笑いを浮かべ、それぞれに三人が、別々の場所へ移動していった。

僕はバラバラになってしまった彼らのうちの、どの人のあとをついて行ったらいいのか、まよってしまい、一人の男のあとをついて行くと、彼だけは、真面目な顔をして、

「……西条さんでしたね？　私たちと取り引きをしましょう。それが一番安全な方法ですよ」

と言うと、銃を出したのだった。

「あっ……。だましたな」

僕はこんなことだろうとは考えたのだったが、彼らの様子に、どことなく明るさがあったので、調子に合わせてしまったのであった。

僕は失敗した、と思ったが、もうおそかったのだ。

「動くな。動くとうつぞ。西条」

僕はうすぎたない言葉をあびせてやろうと思ったが、やめた。

隣の家の人は、彼らのうしろから、じっと黙って、少しも動かず、それでも時々まばたきをくり返して、目を大きくして、何かの用事でやって来た人のようにしている。

僕は（この人は裏切ったのだ、とんでもない奴だ、あとでみんなに知らせてやる）と思ったが、そこまで思うと、ぞっとしていつのまにか、からだ中がふるえ出していた。

「そうです。西条さん。隣の人は、事件に巻き込んではいけませんよ。あなたが、消えるのです」

僕は命ごいを始めた。

彼らは全員僕を取り囲み、口々に言ってはいけない、普通の状態ではとても行動できない、錯乱した犯罪者の素顔を見せて、僕をおどし始めた。

僕はもう命もこれまでだと思ったので、

「すきにやってくれ。どうにでもなれ。僕は、この家とは関係がない。自由にしてくれ。さあ」

と思いっきり大きな声で叫んだ。

頭をなぐられて、意識を失ってしまった僕は、夢の中でまどろむ小犬のように、舌を出して、可愛らしい仕草で、御主人様の右手をなめようとして、さかんにからだを動かして、しっぽをふって、いつのまにか気持よくなってしまった。

目をさました時、僕は自分の存在を疑った。

「ここは、どこだろう？　なぜ、ここにいるのだろう？　同じ風景の中にいる自分は本当の自分なのだろうか？　ちがう、まったく、別人の、自分なのだろうか？　いや、まてよ。たしかに、ここには、さっき食べかけていた、パンのきれはしが、転がっている。それに、室内の様子も以前と変わりないぞ」

しかし激しい頭痛のため、しばらく僕は起き上がることさえ出来なかったのだ。

ふと、入口の方を見ると、ドアは半開きになっていて、明らかに何者かが侵入した気配が濃厚であったので、たちまち僕は記憶を甦らせて、大変なことになってしまった。責任をはたせなかった、だめな人間になってしまった、どうしよう？　困ったことだ、こんなことでは、この仕事を引き受けるのではなかった、と思った。

やがて僕は立ち上がり、とりあえず、他の部屋へ行ってみた。

するともうそこは戦場の跡のような光景で、あらゆるものが乱雑にちらかっていて、目をおおいたくなるような、まともな神経ではいられない、狂人による、欲求不満を爆発させたあとのような状態であったのだ。

「やられてしまった……。なんてことだ。神様。おお、神様。神様は見ていたのに、どうして止めてくださらなかったのでしょう？　ためらっては、いけません。神様。こんな時こそ、神様の力を僕らに見せてくださらなければ、もう、神様の出番はありません」

僕はぶつぶつ言いながら、また他の部屋も見て回った。

どの部屋も同じように、混乱の底に、社会不安を増大させている、経済状態の悪い、傾きかけた会社の経営のように、力なくぶらさがっている天井の電線のひもは、ショートして、黒くこげ、火災にならなかったのが、不思議なくらいであった。

すぐに警察に知らせた。

そして、隣の住人に会いに行った。

彼は平静を装っていて、

「何しに来たのですか？　私は関係ありませんよ。余計なことを言ったなら、どうなるかわかっているでしょう？　わかっているでしょう？」

と、くり返しくり返し言った。

「とんでもないやつだ。僕を生かしておいて、僕を、首実検にして、あいつらとたくらんで、また、僕に、何かをしてやろうという魂胆なのだろう？」

「そのとおりですよ。西条さんは、首実検なのだ。その首をよく洗っておいた方がよいでしょう」

「くそっ……。僕の弱みにつけ込んで、本当にずるい人間だな。頭のいいということも、考えものだ。くそっ。くそっ」

「そんなに心配することはないでしょう？　だって、あなたは、これから残された道は一つしかないのですから……」

「一つ？　一つ、だって？　……」

彼はおもむろに背後から盗んできた金色のアジアの置き物を見せると、

「これは仏像ですね？　この仏像のように、西条さんは、なるわけです」

と言って、息をふきかけて、袖でみがき出した。

僕はこんなことで僕の人生を終わりにしたくないと思ったが、すでに両手両足を縄で、ぐるぐる巻きにされた罪人と少しも変わっていない姿を想像して、何も出来はしないのだ、と感じた。

警察では、僕の立場をわかっていたので、

「西条さんは、仕事に失敗したのですから、賃金をもらえなくても文句は言えませんよ。すみやかに家を出るか、このまま、また、彼らが帰って来るまで、立派に、守っているか、どちらかにしたならいいでしょう」

と淡々と語るだけであった。

僕はどうせ隣の狭い部屋に帰るのなら、ここにいたって同じことだと思ったので、留まることにした。

僕の四次元人たちに対する感情はこの時から激しく憎悪に変わっていったが、人を憎むということは、こんなにも悲しいものであるのかと、しみじみ人間の愚かさがいやになってしまった。

翌日いつものように工事現場へ出かけていくと、あわれなかっこうをしていたのか、仲間の一人が、

「……おい。どうしたのだ？　ついに、やられてしまったのか？　大変だなあ、まあ、そんなところだな。お前のような男は、一軒の家さえ、守れないのだから、まあ、こういう生活がこれまでも続いていたのさ。わかっただろう？　お前の、実力というものが。え？　そうでしょう？　そのとおりでしょう？」

と言った。

「いや、それは、ちがう。西条は、男らしい。僕は、彼は、失敗しただけなのだ。こういう時もあるのだ。そうだろう？　西条？」

現場監督はなぐさめるように、僕の肩を抱いて、力を込めて、抱擁をした。

僕はそのとろけてしまいそうな彼の腕の中で、たくましい血液の流れを感じ、妙に彼をいじめたくなってしまったので、思わず、彼ののどもとに唇をつけた。

「西条……」

彼はうっとりとして、目を閉じると、全身の力をぬいて、地面に坐り込みそうになってしまったので、あわてて僕は彼をささえ、ゆっくりと彼に歩むようにうながした。

病院へ見舞いに行くと、

「西条。すまないな。ありがとう。君のような、まめな人間は、もっと幸せになってもいいのだ。それなのに、こんなことばかりさせてすまないな。西条」

と、退屈をまぎらわせるために、この頃、読書を始めた彼は、本を布団の上に置いて言った。

僕はこんなに忙しい日は久しぶりだったので、頭の中が、宙をさまよっているような不思議な感覚がしていたのだが、少しも疲れてはいないので、かいがいしく、彼のために、お茶などを入れてやったが、彼はいらない、と言ったので、自分で彼の分も飲んでしまった。

「まだ痛むのかい？」

「ちょっとね。でも、だいぶ楽になったよ」

「本なんか読んだりしていいのかい？」

彼の手にしている本の表紙を見ると、『ぶざまなろくでなし』という題が見えたので、まったく変な男だと思った。

8

四次元人たちは街をさまよっていた。

わずかなすき間を見つけては、その弱みに力を込めて、強力なナイフのような鋭い刃先を突きつけてきていた。

心のやさしい彼らは、不良少年のように、いたるところで悪いことをしてそして満足している、やさしい犯罪者に似て、目的があいまいであった。

そのために彼らは、いっそう不満をつのらせて、いたるところで同じような犯罪を重ねていった。

タイム・マシンは、はるか彼らの頭上を飛びかい、その中では人々が、楽しい旅の思い出を語り合っていた。

四次元人たちがそのような旅に出られないことは、四次元人たちの運命であり、人生であり、生き方であり、彼らがいくら望んでも、不可能なことなのであり、人にはそれぞれレールの敷かれた道があるのである。

五次元人たちはかつてのクロマニヨン人に似ている。

そしてネアンデルタール人に似ている四次元人たちは、やさしい心の持ち主であり、攻撃的な性格は、未来を切りひらいていくためには、あまり必要としない時代でこそ大切なのだ。

クロマニヨン人の進出により、追いやられてしまったネアンデルタール人のやさしい性格は、彼らの混血の中に生きているのであり、人類は墓に花をたむけた、ネアンデルタール人の精神を受け継いでいるのだ。

心のくさった人々は、やがて罰が待ち受けているのも知らずに、いい気になって浮かれているが、待ち受けているものは、死のほかにはないのである。

僕は部屋の中をかたづけながら、つくづく自分の不幸をなげいていたが、死の淵からやっと帰ってきた人たちの、希望をすてない気持がやっとわかってきた。

そして二通目の封筒を郵便受けにみつけた僕は、これで何もかもが終わったのだ、と思った。

「……楽しい旅行を続けています。そちらは、どうですか？　もう、家の雰囲気にも慣れて、少しは、イタリア人の陽気さが、身についてきたころでしょうね。帰ってからが、楽しみです。

今日、(こちらでは、西暦二千百五十年) ついに、目的地である、日本の風景にたどりつきました。

あなたのふるさとですよ。

うれしいでしょう？

こちらでは大変なことが起こっていますよ。

でも、今は、知らせません。

楽しみにしていて下さいね。

寝る時は、ガス栓をちゃんとしめて、とじまりも、ちゃんとして、犬にも、えさをやって、猫にも、えさをやって、……、あら、うちには、犬も猫もいませんでしたね。どうしたのでしょう？　私としたことが……。

時間の感覚がとぎすまされてきて、少し、リッチなことばかり考えるようになってしまいました。ごめんなさい。では、さようなら。愛する西条さんへ……」

僕は腹が立ってきてしまった。

力まかせに近くにあった、折れてもう元の姿をとどめていない、一本の変なかたちの棒切れを、窓に向かって投げつけていた。

「いい気なものだ。なにが、リッチな気分だ？　わらわせるぜ。帰ってきてからが楽しみだぞ。そうだぞ。楽しみなのだ……」

僕は四次元人たちの気持がわかるような気がした。

彼らは嫉妬を感じているのだ。今さらこんなことがわからなかったなんて、なんと僕は鈍感な人間だったのだろう？

いや、それはわかっていたことなのだ。

五次元の世界はすばらしい。未来はすべて、この過去と未来の存在する五次元の中にあるのだから……。

それにしても彼女の変わりようは大変なものであった。もう過去のあの陰湿な顔をした、暗闇からぬけ出してきたような、冷たい魚をくわえて、あたりをうかがっている猫のように、鋭い動物的な警戒の表情を浮かべている彼女は想像できないような文面であった。

『タイム・マシンの帰路は、未来への旅である。未来に近づいてくるにつれ、時間は逆もどりしているのであるから、ちょうど現在にもどるのである』

『だから、けしてタイム・マシンは、未来に行くことはないのである。夜空の星のように、未来の星が、夜空に広がっているのである』

『未来は、遠い宇宙の法則の、物質を拒否した所にある。だから、我々は、未来を恐れるのである』

『未来へ行くには、死ぬほかにはないのである。脳細胞を捨てて行くので、記憶は残らず、また新しい思い出を赤ちゃんの時から作るのである』

僕はこんなむずかしい説明では理解出来ないが、事実であるといわれているので、信用はしているが、ちょっとやはりむずかしすぎて理解に苦しむ。

だいたいこの輪廻《りんね》転生《てんせい》を信じているような言葉は、宗教的で、あまり説得力がない。もう、どうでもいい。

彼女はいったいどうしてこんなにも僕に手紙を送ってくるのか？

僕を信用していないのは明白である。だったら、僕などにたのまずに、ほかのちゃんとした警備保障会社などにたのんでおけばよかったのだ。

理解に苦しむ。

とにかく僕は彼女のストッキングがタンスから出てしまっている部屋で、そのストッキングの色が、変なピンク色だったので、彼女もすみにおけないおしゃれなところもあるのだと思って、娘さんの所のストッキングを調べてみたが、ちゃんとした色彩であったので、僕は女性のこんなものを見ても、少しも興奮などしないことから、ストッキングというものは、はたして必要な物質なのであろうかと考え込んでしまったのだった。

それほど女性には無関心なので、むしろ御主人と、息子さんの、下着類などを調べてみようかなと、いけない欲望をめらめらと起こしてしまって、今は、そんなことをしている時ではない、しっかりしろ、西条、と自分に言いきかせていた。

『SAIJO　ファイト　ファイト』

燃えるものは裏庭で燃やしてしまった。

できるだけ美しい状態で、彼らが帰って来た時、満足できる安らぎを残しておくことが、僕にできる今の仕事だったのだ。

あと二週間ほどで彼らは帰ってくる。

僕はなんの報酬もないのに、それまでこの家を管理していかなければならないのだ。

もう、この家の、召使いになってしまった気分であり、できるだけ節約して、光熱費などのむだな出費は、必要最小限にとどめておいて、がらくたになってしまった高級家具類なども、なさけない気分のまま、どこかへ売りはらってしまおうかと考えていた。

しかし勝手にそんなことをしてしまったら、いっそう深い絆で結ばれてしまった、昔の主従関係の人のようになってしまうので、躊躇《ちゅうちょ》して、

「へん、現代では、このような、トラブルはよくあることであり、近頃の四次元人たちの横暴は、この家の人たちにとっても、十分に理解できるであろう。みせしめのために、このままの状態を保存して、ちゃんと彼らの目をさまさせなければならないのだ」

と僕は思い返していた。

一度被害を受けた家は、もう彼らの目標からはずされているので、この家族たちは、これからは、もっと自由にのびのびとまたタイム・マシンに乗って、旅行に行くことが出来るのだ。

そう考えると、僕は気楽になってしまい、

「なんだ、そうだったのか。じゃあ、あまりこの家のために、働くことはやめよう」

と思い、その後はさらに気楽な気分で過ごすことにしていたのだった。

彼らの帰って来る予定の一週間ほど前に、また、奥さんから、同じような通信文が届いたが、内容は、やはり似たようなもので、僕のことを心配して、

「……だめですよ。あまり、わが家の生活に慣れ過ぎないように。あと一週間ほどで、また、狭苦しいあなたの自分の場所での暮らしが始まるのですからね。だめだめ」

などという、人をからかうようなことを書いてきていた。

僕はこのまま、何事もなく、静かに時が過ぎていけば、彼らの大きな心によって、家を再建して、僕の失敗は自然と癒《いや》されてくるものなのだ、と思えるようになってし

まっていたのだ。

そして彼らは帰って来た。

僕はその日、そのまま元の僕の狭い監獄のような部屋へそっともどっていた。

ところがいつまでた経っても、誰もやってはこないのだ。

「いったい、どうしたのだろう?」

僕の心はゆれていた。

彼らはあまりのショックによって、もう立ち上がることが出来ず、ぼうぜんとして、死んだようになってしまって、何もする気がしないで、ただ、蝋人形のように、一言も口をきかずに、あきらめてしまったのだろうと思った。

翌日の朝、僕はこっそりと外へ出て、何事もなかったような顔をして、仕事に向かった。

それから二日、三日経っても、隣の家からは何も言ってこなかった。

人がやって来ていて、いろいろ修理をしている様子であったが、声が聞こえるだけで、もう二度と顔を合わすことはないのだ、それでいいのだ、僕は何もしなかったのだ、誰もいなかったのだ、留守中に不幸が起こってしまったのだ、そういうことだったのだ、……それが時間とともに日々の生活を安定した、居心地のよい、ふだんのとおりの、人々の目に美しいミラノの風が街並にふきぬけていくのが見えたのだった。

9

僕はこの街はよく知らない。

ローマにいた頃は、いろいろな所を歩き回ってもみたが、古代の遺跡の数々は、あまりにも数が多過ぎて、観光客のようにどれから見学したらよいのかわからず、

「……ポンペイの遺跡に行くにはどう行ったらいいのですか?」

などと人にたずねて、笑われたりしていた。

「ポンペイは遠い所ですよ。……行くのですか?」

その人はじろじろと僕を見て、眉をしかめ、めんどうくさそうに、説明してくれた

が、僕の方も、そんなに遠くまで行かなければ、ポンペイにはたどり着けないのか、と思うと、あきらめてしまい、近くの適当な所へ行って、感動を味わっていた。

僕がポンペイへ行ってみようと思ったのは、その場所が昔から有名であったので、一度は見てみたいと思ったからであった。

しかしそろそろ自由に使えるお金の少なくなってきていた僕は、そのうちにあきらめてしまい、

（ポンペイ、ポンペイ……。こんなに有名な所へ行けないなんて、僕は不幸な人間なのだ。ポンペイ、ポンペイ……。ところでそこはどうして有名なのだろう？……そうか、たしか、火山が噴火して、こわれてしまった街なのだ。それはかわいそうだ。人々も、かわいそうなことをした。ポンペイ、ポンペイ……。日本もイタリアも火山国なのだ。恐ろしいことじゃ。ほんとうに恐ろしいことじゃ。くわばら。くわばら。もうあきらめよう）

と思って、結局ローマの市内をぶらついていた。

カシミールはその時現れた男で、あんな男のことは思い出したくもないが、あれか

らずいぶん経ったような気がするので、いくらかかわいそうなことをしたと、思うようにもなった。

彼にはずいぶんお世話にもなったのだが、なにしろ悪い連中とのつき合いもあったので、彼からは少しも利益になることはなかった、と不真面目になって、彼の肉体のかたちだけが、わけもなく僕の心を、あやしくときめかすのだった。

カシミールはその後どうしたのか、あわれな人の横顔が美しく見えるように、彼のことばかり考える日があったので、これはどうしたことなのだ、どうして彼がまた思い出されるのだ、くだらない、過去のことは消し去ろう、と僕は、毎日、新しい恋人たちと、楽しい時間を少しでも多くとろうと、努力していたのだ。

「……西条さん。近頃ずいぶん太りましたね。食べ物がよかったのでしょう？　あまり太り過ぎると、よくありませんよ。ほら、だらしないお腹のふくらみが、まるでかっこう悪いですよ。そうでしょう？　だいたい腹が出てくるのは、金持ちの証拠ですよ。貧乏な西条さんが、どうしてそんなに腹が出てきたのですか？」

僕は男の視線に乱暴に答えた。

「一ヶ月ほど、いい生活をしていたのだ。ところが、今は、また、もとの生活にもどってしまった。運命は下降線をたどり始めたのだ。もう、上昇することはないであろう。さびしい。さびしすぎる」

そんなある日ついに僕は目撃してしまったのだった。

あの隣の男が、奥さんと御主人と親しく話をしているのを。

僕の頭には血がのぼり、両手はふるえ出していた。

僕はなんのためらいもなく彼らに近づいていったのだ。

奥さんと御主人は、何も言わなかった。

僕も何も言えなかった。

ただ隣の男に対してはすらすらと舌が活動してしまって、止まることはなく、僕はあきれた顔をした男が、笑い出すのをみると、しゃべるのをやめた。

「そうなんですよ。西条さんは、本当に、立派に敵に向かっていきましたよ。西条さんをせめることは出来ません。そうですねえ。西条さん」

僕は黙ってうなずいて、彼が事件の仲間であるということは、少しも知らないふりをして、またおしゃべりな機械のように、話し続けた。

「そうだったのですか？　私たちは、西条さんには、何も言えません。仕方のないことです。わかっているでしょう？　私たちはもう西条さんのことは、せめません」

「すみませんでした。奥さま。御主人さま」

「いいえ。もういいのです。頭を上げてください」

僕はこの時、初めてはっきりと涙が頬を伝わるのを感じた。

御主人は僕の肩に手を置いて、ただ黙っていたので、ますます涙は流れ出て、僕はついに男泣きに泣いた。

しかしその時も隣の男のことは忘れることはなく、この男をいかにしたなら、仮面をはぎとり、その一部始終を懺悔させてやることが出来るのかと、ありとあらゆる方法を考え続けていたのだ。

男は僕にだけわかる秘密めいた笑顔で、

「そろそろこの付近も、あぶなくなってきました。彼ら、盗賊は、一度ねらった家は、骨をしゃぶるように次から次へと、容赦なく襲いかかってくるといううわさです。もう限界をこえてしまったのです。彼らは、この辺一帯を自分たちの縄張りにしてしまおうという考えのようです。警察ではそう説明していますよ」

と言い出したのだった。

「こわいですね。あなた。どうしましょう？　私たちはこれからまた不安になります。こわいですわ……」

「だいじょうぶですよ、僕がいますから」

「西条さん。あなたはだめです。あなたは見かけだおしです」

奥さんと御主人は男の言葉をさえぎるように、

「西条さん。私たちはがんばりましょう。協力していきましょう」

と力を込めて、合唱するように言った。

「こわいことになりましたよ。本当に。……」

男はいっそう僕をじっと見すえながら、もう心はどこか、彼らだけの組織的犯罪者の意志の強い、四次元人たちだけの、底のない暗黒の世界に生きている別人の風貌を感じさせてきていた。

カシミールの消息を知ったのは、ある新聞記事からであった。

彼は新しく生まれた、四次元人たちのわがままな明るいグループである、〈神の啓示〉、というところに所属していることがわかったのであった。

神の啓示は、自由な生き方を求める人たちが、集まって出来た、四次元人たちだけの反五次元人のグループであった。

カシミールはその中で、どういうわけか、重要な立場の役割をになった、幹部になっていた。

僕は彼のような男がこうした活動が出来るとは考えていなかったが、すさんだ心の変化が、いつのまにか革命を起こさせて、彼に勇気と希望を与えたのだと思った。

彼はいざとなったなら、どんなことでも出来る男だ。

僕は彼のために危険な目に遭いそうになったこともあったのだ。

神の啓示はひたひたとローマからこのミラノへも勢力を拡大していて、僕は今度の事件も、このグループが関係していたのではないか、と考えた。

それならもうカシミールのことは、敵の中にいる、最も殺してやりたい人間の一人なので、愛と憎しみは、かたちを変えて、二人に不思議な、燃えるような苦しみを与えたのだと、彼の残像を目にやきつけて僕は思った。

あの時カシミールは、美しい細い指をからませてきて、動けなくなった僕の手足を、恥ずかしいかっこうにさせて、もだえるような声を出して、うなる動物の牙を僕の肌に立てた。

僕は彼のされるがままになって、もう二度と、夢のような夜はやって来ないのだと、涙を流しながら、あてのない外の光の点滅を、窓に感じていた。

カシミールがこんなにも深い愛情をそそいでくれたのは、この時が最初で最後だったので、なにか遠くの方で、声が聞こえたような気がした僕は、

「誰か来るよ……」

とささやいた。

しかしそれは僕の錯覚であり、彼は僕だけを愛していたのであり、真剣な彼の愛は、

人の声など、どうでもよかったのだ。

ドアがあいて入ってきたのは、友達の男だった。

「やあ、カシミール。暗がりでなにをしているのだい？」

彼は明りをつけた。

僕たちは彼の行動に不満を抱いて、肉体を激しくスポーツするように乱暴に、元気に動かした。

彼は笑って見ていたが、たまらなくなって外へ出ていった。

こうした思い出は、いつのまにか忘れていたが、また記憶の中からよみがえってきたのは、時間のゆっくりとした流れのせいであった。

流れの中で彼は僕に、

「おいていかないでくれ……」

と言った。

しかし僕は五次元人なので、スピードに乗って、彼をおきざりにしてしまったのだ。

グループは公に活動を行っていて、もはやその勢力は、目に見えない速さで広がっていった。

こんなかたちで四次元人と五次元人との対立が、戦争のように、内乱のように、国家の内部で、浸蝕していってしまったのには、人々の恐怖心の中に、もどかしい暴力へのいっそうの恐怖をあおる心の弱さがあったからであった。

僕はなつかしいカシミールの名前に、その写真の、ふてぶてしい表情に、時代の終わりの恐怖政治の政治家の顔を重ね合わせていた。

「カシミール。どうしてそんな人生を選んだのだ？　僕だったら、選びはしない。君はまちがっている。君はどうしてそんなことが出来るのだ？　わからない。僕はわからない。絶対わからない。一生わからないのだ。君はだれかにあやつられているのだ。目をさませ。目をさまして、僕をよく見ろ。そうだ。僕は君のためにまた……」

「西条さん。……今夜はゆっくり食事をしていってください。あまり贅沢は出来ませんが、……」

僕は以前、留守を頼まれた家に久しぶりにやって来て、しかしほんの数日前まではここで暮らしていたのだったが、まるでまったく別の場所へやって来たようであった。それほど内部は変わってしまっていて、あのような事件が起きたのはうそのようであった。

しかしいたるところに傷あとは残り、修理しきれない様子は、あきらめてこのままばらくはそっとしたまま生活していこうという彼らの考えが伝わってきた。

「奥さん。どうして、僕を信用してあのような重要な役割を……」

「それよりも、……、私たちは、大変なことを見て来ましたよ。日本では、あの頃、国内が大混乱です。まるでお祭り騒ぎです。そうです。あら、いやだ。ずいぶんおしゃべりになってしまって……」

「そうです。どうしてそんなに変わってしまったのですか？」

「いいえ。少しも変わってはいません」

確かによく見ると彼女は以前のような、まったくいやな女性であった。

ただ表面的には変わりはなかったが、ずいぶん気楽に僕と接するようになっていたので、僕も、心を許して、普通に会話できていたので、最初の頃のような感情はいくらか薄らいできていたのであった。

しかしやはりこうしていると、いやなタイプの女性であり、僕は少しも楽しくなかった。

苦しかった。彼女も同じように感じているので、以前のように、きつい表情をして、時々笑うのだが、どこかひきつっているような頬のあたりは、完全に頭の悪い変人の特徴を表していて、こうした女性は、いったいどうやって男性に認められたのだろう、と考えてしまったのだ。

御主人は僕に似てぼんやりとして、ただ黙々と、目の前にあるものを食べ続けているだけであり、こうした人たちは、共通の話題など一つもありはしないに決まっている、と僕は考えざるをえなかった。

「……手紙にも書いたように、そうです……、西暦二千百五十年頃、日本各地で、大量の血が流れました」

「血？　不幸が起きたのですか？」

「……」

「言ってください。どうしたというのですか?」

「……」

「血というのは、マグマのことですか?」

「……」

「はっきり言いたまえ、どうして言えないのだ。どうして黙っているのだ。言いかけたことは言ってしまうものだ。楽になりなさい」

「……」

「もう、結構です」

僕は失望してしまった。彼らは僕をからかっているだけなのだ。

僕は翌朝早いので、食事を終えると、自分のところにもどってきたが、いよいよあの家族とは決別の時がきたと感じ、重い心で眠りについた。

翌日、僕はまた、隣の家の者に呼ばれた。

そこで僕は強制的に、〈森のしずく〉、という、五次元人たちの団体に入るように説得された。

森のしずくは、〈神の啓示〉に対抗して生まれた、五次元人のための幸福を求めるグループであり、ここでは徹底的に、四次元人を否定する、狂信的な教えが行われて、最終的には、神の啓示を消し去ることが目的であった。

僕は、このようなグループは人間の愚かさがつくり出した、過去のいまわしい歴史の中にうずもれていた、有名な、たとえば、新撰組とか、海援隊とか、松下村塾生とか、風林火山の旗のもとに集まった人々とか、……、そういったものと変わりないように思った。

時代の転換期には、こういった、売名行為のようなものが現れて、わがまま勝手なことをして、やがて世間からは、すばらしいグループであった、などと言われだすものだ。

僕はだまされない、そう心に誓った。

けしてだまされるものか。

人間はこんなことではその信念を曲げるわけにはいかないのだ。

「西条さん。私たちは、心もからだも、ずたずたになってしまいました。森のしずくは、私たちの、力です。神のようなものです。森のしずくにすがるのがよいでしょう。あなたもそうしなさい。そうすることで、未来はひらけてくるのです。あなたがどのような体験をなさったのか、知りません。しかし、大変な目に遭ったことだけは想像できます。西条さん。そうして今もあなたは私たちのために力になってくれるのでしょう？　そうでしょう？　西条さん？　私たちと力を合わせて、この世界を守っていきましょう。努力しましょう……」

10

僕は病院へ見舞いに行き、労働をし、なにやらわけのわからない所へも所属し、まったく忙しい毎日になり、とても人間とは思えない、もはや人間の能力をこえ、機械的なロボット人間、または神がかり的な生物になってしまったようであった。

骨折をした彼はのんびりと、ふくらんだほっぺを赤く染めて、幸せだか不幸だかはっきりしない顔で、

「森のしずくはやめたまえ。あれは、よくない。あんなものに入っていたなら、いつか神は遠ざかっていく。やめた方がいい」

と言っていた。

「お前は四次元人なのだろう?」

「そのとおりさ」

「でも、お前は、憎くはない」

「僕も西条は憎くはないよ」

「じゃあ、どうして、森のしずくをせめるのだ?」

「なんとなくそう感じるのだ。折れた骨のずきずきとしたわずかな痛みから……」

「変なことを言うねえ。ずいぶん、君は、思慮深くなってしまった」

「僕はね。西条のことを、心配しているのだ」


僕は森のしずくの訪問をうけた。

彼らは二人でやって来て、じろじろと僕の顔を見つめていたが、やがて会員証のような、葉っぱのかたちをした紙切れを渡してくれた。

「……ここに、氏名を書いてください」

僕はずいぶん簡単なことで、このグループの仲間の一人になれるものだと思った。

「あとで、連絡します。御活躍を祈ります」

「はい」

森のしずくはずいぶんおとなしい、表面的にはあんないさましいことも言っているが、そうか、そうなのか、神の啓示をけん制するために生まれただけなのか、なあんだ、それなら、僕にだって……。

カシミールはあんなに立派になってしまって、僕からは遠い存在になってしまい、あいつのことをよく知っている僕は、心配もしていたのだが、あいつのことだから、うまく利用されているだけなのだろう、と考えるようになった。

森のしずくから分厚い物が送られてきた。

僕はその内容をみて驚いてしまったのだった。

僕はすでにこの団体の、三等陸上部隊隊員、という肩書きがつけられてしまっていたのである。

「まるで、徴兵されてしまったようだ……。考えてもいなかったよ、どうして、三等なのだ。三等兵？　一番位《くらい》が低いのだろう？　カシミールなんか、もう、幹部だぜ。かっこう悪い。カシミールの方が、本当はかっこう悪いのに……」

僕はさっそく隣の家へ行った。

彼らはやはり三等であった。

「西条さん。三等がいいんですよ。いいんです。一番楽なんですよ。いいんです」

御主人は少し不満の様子であったが、それでも僕よりも気楽な表情で、

「お互いがんばりましょう。これで、西条さんとの関係も修復できたのだから、仲よくやっていきましょう」

と落ち着いた濃紺の服から、毛むくじゃらの腕を出して、さかんにあたりをわけもなく見回していた。

「森のしずくとは、落ち葉のことである。我々は、やがて土にかえる。人類を成長させるために生まれ、やがて役割をおえると、落ち葉のように散っていくのだ。

森のしずくは土となり、木々の土台となり、さらに大きな成長のために、新しい時

代を迎え入れるだろう。

森のしずくに栄光あれ。

森のしずくは永遠である」

僕はその趣旨はよくわかるのだが、ちょっと大げさのような気もして、はたして今後活動を続けられるのであろうか、と思っていた。

なにしろ神の啓示は、不良っぽい連中ばかりである。

なにをしでかすかわからないようなこわい人間の集団である。

彼らに対して僕らはいったいどういった対抗手段をとるのであろう。わからないのだ。

しかし僕は期待している。

絶対、神の啓示などは消し去ってやる。

カシミールのような奴が幹部になれるなんてまったく笑わせる。つまらないグループに決まっている。

もう森のしずくの勝利は決定してしまったようなものだ。

森のしずく万歳。

森のしずくに幸あれ。

咲子のセーターはもう僕の作業服のようになってしまっていて、ところどころに穴があいていて、美しい縞模様の淡い色のコントラストも、色あせて古着のようになっていた。

咲子は今どうしているだろう？　元気に暮らしているのだろうか？

僕は彼女には女友達のあいさつしかしたことがないので、いっこうにセーターの暖かさは、心になつかしさを感じさせないのだ。

彼女は僕の人生に現れた唯一の女性であり、その姿は母や姉や妹と同様に、たんなる空気の軽い存在であり、それだけに深い絆は、いっそう僕をしめつける。

彼女は無感動に生きていて、そのために僕のような男に、かかわりを持ってしまった。

たんなる出会いと別れであり、一期一会《いちごいちえ》であり、セーターは彼女からもらったプレゼントの一つであり、やがて彼女は、むなしく日本の土にかえるのだ。

今さら咲子のことが心に現れるのは、カシミールと同じで、気が合ったからにすぎない。

そうして人は、別々の人生を歩き出し、思い出はいつまでも残るだけなのだ。

風が吹いたって、人は歩きつづける。

苦しい時も、人は立ち止まることはゆるされない。

静かな午後に、風がやんでいても、人は歩きつづけなければ、苦しさからのがれることは出来ないのだ。

神の啓示による活動は、いっそう過激になってきた。

ボートに乗せられた五次元人たちが、海に沈められたのである。木の葉が落ちるように。

意味ありげなこの事件には、さまざまな非難の声が上がったが、イタリア政府は傍観していた。

すでに人々の興味は、国家の枠をこえて、全世界的な、四次元人と五次元人という、新しいタイプの出現を迎えた時代の、大きな歴史の別れ道に到達していたからであった。

僕は夜の工事にたずさわっていたが、あやしい集団が、近くを通り過ぎていくのを見た。

彼らはきっと何かの目的のために、またひどいことをやりに行くのだろう、と思った。

夜おそくまで働いていたので、朝になって帰ってきたが、もう何もする気がしなくなり、ぐっすりと寝込んでしまった。

起き出したのは昼すぎのことであったが、まだ眠り足りない気分で、ぼんやりとしていた。

夜の仕事はここ数日続いていたので、やはり僕の体力も、落ちてきているなと感じ出していた。

あと少しでまた昼間の仕事にもどるので、がまんしようと思い、こんな高齢の人間を、道具のように使う会社は、まったく人権を無視していると思った。

しかし僕は労働に耐えうるだけの若々しい、みずみずしい、力にあふれた体力を維持できていたので、若い連中とともに、少しもひけをとることなく働いていたのだった。

そんなある日、僕はクルマに乗せられて、ある建物に連れてこられた。

そこには大勢の人たちがすでに集まっていて、いろいろな言葉をかわし合い、もうずいぶん昔から親しくなっている、気の合った人たちが、これから何かを始めようとしている様子であった。

「何を始めるのですか?」

「西条さんには、……、この人物を徹底的に、マークして、少しでも油断をみせたなら、遠慮なく弾圧してください」

「弾圧というと?」

「消し去るのです」

「いやだ。僕は、いやだ」

「西条。……この人物はすぐ近くにいる。近所の顔見知りでしょう? うまくまるめ込んで、どのようにでも料理していいのだ」

僕はその男が、僕に対して苦しみを与えたあの男であると知ると、恐ろしさのあまり、叫び声を上げた。

「どうしたのだ？　西条……」

「いいえ。なんでもありません」

「じゃあ、わかったな。よろしくたのむぞ」

「はい」

これから僕はいったいどうしたらいいのだろう？

あんな男をこれから僕の身近に引きよせておいて、いったい何をしたらいいのだろう？

僕はすでに冷や汗が出てきてしまって、森のしずくの集団は、もはや神の啓示以上の、悪い集団のように思えてきた。

僕はすごすごと帰って来た。

力なく階段をのぼり、廊下を歩き、立ち止まり、ドアを開け、中に入り、水を飲んだ。

「僕は神の啓示のすべての人間たちを敵にまわしてしまったのだ。僕一人が、神の啓示の攻撃の目標になってしまうのだ。おお、神様。神様は、僕のために、これから力を分け与えてくださるのでしょうか？　いいえ。いいえ。何もいりません。いりませぬ。僕は、日本人だ。こんな、異国の地で、異国の神様にお祈りしたって、十分な援助は受けられないでしょう？　そうでしょう？　神様。神よ。おお、神よ。涙でぬれた、この美しい瞳に、やどる僕の純真な心は、美しいままでいつか神のもとへまいります」

僕は十分満足して心から豊かな気持になって、自己満足のためにすぐに眠ることが出来た。

11

平和な世界はくずれていった。

イタリアの各地で、森のしずくは深く浸透していった。

僕はまた他の国へ行ってしまおうと考えた。

突然、僕は、実行して、アルプスを越えて、見知らぬ街をいくつも過ぎて、やがてよくわからない街へたどり着いた。

小さな街だったので、僕のような不自然な男は、すぐに目立ってしまうらしく、

「おい。君は、どこから来たのだ?」

と警察官にたずねられたが、僕は言葉がわからないので、ジェスチャーだけで勝手に手を動かしていると、いきなり警官は、笑い出し、

「それならちょっと来い。いいところを紹介してあげよう」

と言って、僕を強引に、小さな建物の中へ連れていった。

中には一人の男が机の前に坐っていて、僕をじろじろ見ると、

「森のしずくへようこそ」

と言った。

僕はその葉っぱの会員証を見せられると、もうすべての状況を理解して、なんてことだ、どうなっているのだ、こんなに早く、もう森のしずくは勢力を拡大してしまっているのか、あっ、そうだ、あの会員証は見せてはいけない、知らないふりをしていて、新しく会員になれば、また、別の仕事を言われるのだ、そうだ、それならまたここで、僕の生活を始められるかもしれない、そう思った。

ところが男は、横にあったコンピュータを操作すると、あっというまに、僕がすでに会員であることをつきとめて、

「彼を追ってここまで来たのか?」
と言ったのだった。

森のしずくの進出はすばらしく、電流や電波や、さまざまな通信手段や、考えられるすべての物を使って、広範囲な地域にわたって、すでに大きな人工的マシンの速度で、神の啓示を追って、ヨーロッパから、アメリカ大陸、オセアニア、アジア、日本までも、しずくは流れていた。

四次元人たちも同じように、すばらしい速さで、地球人のすべての国々へ、団結と力の誇示を、負けないようにコンピュータに乗って、嵐のように、すさまじい競走のランナーの勢いで、かけめぐっていたのだった。

地球人の人々はこうして、四次元人と五次元人とに、知らず知らずのうちに色わけされてしまったが、彼らの未来は、お互いを尊重し、尊敬し、そして、最後には、和解し、抱き合って、地球人として個性を発揮していくことが最善の解決方法であった。

しかしまだ、二つの対立は、卵からかえった赤ちゃんが、お互いを同じような子供だと見つめ合っている状態から、だんだんと大きくなるにつれて、そのちがいを認識し、別々の行動と、別々の思想と、生き方で、歯車がずれて、きしむ音を聞くようになる段階である。

むだなものは地球上にないと願う。

科学技術の人工の世界は、なめらかな動きに合わせて、人間たちをやがて人工の頂点に登らせるであろう。

三等陸上部隊隊員であった僕は、指令を受けた。

「彼はミラノにいる。もどりたまえ」

「ちぇっ。せっかくここまでやってきたのに。すぐにばれてしまった。こんなことではもう自由行動は出来ないじゃあないか？　いやな時代になってしまったなあ。僕の理想とする生活はもう出来なくなってしまったのだろうか？」

僕はこれまで自由気ままに各地で伝統の行事を見ることが楽しみだったのだ。

それなのにそれさえもう出来なくなってしまうのだろうか？

ミラノなんていやだ。もどりたくない。あそこには、彼がいる。あんな男のために僕は苦労したくないのだ。

しかし僕はもどった。

さっそく愛する者たちと安らぎの時間を過ごし、また大切な自分だけの部屋で、空白の数日の出来事を、後悔しながら、思い出した。

「部屋の中もそのままだ。大切なものは何もなくなっていない。数日留守にしただけなのに、変化していない。誰もおとずれなかったのだ。人さえのぞき込みはしなかったのだ。たった、数日。それも時計さえ止まってはいない。僕は失踪出来ない人間なのだろうか？」

「こんばんは。西条さん」

僕は驚いて襟を正すようなかっこうをして、ドアを開けた。

彼であった。

「西条さん。神の啓示についてはどう考えていますか？　あなたは森のしずくに加入したと、隣の御主人から聞きましたよ。西条さん。神の啓示は、もちろん私はその一員ですが、あんたのような男には、神の啓示はいちいち注意をはらっていられませんな。西条。変なことを考えたなら、神は罰を下すであろう。西条さん。お隣の御主人と奥さんは心配していましたね。どこへ行ってしまったのだろうってね。逃げられませんよ」

「うるさい。帰れ」

「そんな言い方をしてもいいのかな？　ええ？　僕は、普通の暮らしが好きなんですよ。普通に暮らしていければ、それで満足出来るのですよ」

僕は、彼が心では、苦しんでいることがわかったが、目に見えないところで、その苦しみは早くとけていってくれればいいと思っている、そう感じた。

「いったいおまえは、どこへ行っていたのだ？　勝手に休むようだと、解雇するぞ。……ネオは心配していたぞ」

ネオとは、美男のモデルのことである。

僕は彼がそんなにも僕のことを思っていてくれたのかと知ると、うれしくなってしまい、彼のために勇気を出して、しばらくはミラノにいようと思った。

ネオは、カシミールとちがい、聡明な奴だ。

「うれしいなあ。現場監督。やきもちをやいているのでしょう? そうだろう。そう、そう」

「へん。何を言っているのか、さっぱりわからん。へん。だいたい病院に見舞いにも行かないで、横着な男だ。義務をつくせ。義務を。そんなことでは、いずれ、不幸になるであろう」

「今日、さっそく、行ってみます。数日後には、退院出来るといっていましたが、かわいそうに、ずっと入院している方が、生活しやすいかもしれないのに……」

「彼にはさっそく働いてもらおう。そうしよう」

「なんて、残酷なことを言うのだろう。彼のために、退院記念パーティーを開いてやろう。きっと喜ぶよ。そうして十分休養をとってもらって、また、働いてもらおう」

僕は彼のために急いで病院へ向かったが、途中、気が変わって、逃亡してしまおうと、きょろきょろあたりを見回していた。

すると、都合のよいことに、一台のバイクがエンジンをかけたまま停めてあったので、それに飛び乗り、道路を走り始めたが、また、気が変わってもどってきて、病院へ向かった。

「やれやれ。僕は本当にダメな意志の弱い人間だな。こんなことでは、この激しい対立の時代を生きぬいていけないかもしれない。生きぬいて、生き残った者たちだけが、子孫を残すことが出来るのだ。僕の子孫はない。僕で終わりなのだ。それでもいい。それがすっきりとしていて楽しい気分なのだ。ああ、彼は、元気そうに、リハビリの運動をしている」

森のしずくは僕に二等陸上部隊隊員の位《くらい》を与えた。

そして僕のもとには一本の凶器が送られてきた。

「……君はいまだに実行出来ないでいるが、そんなに近くにいるのだから、チャンスはいくらでもあるはずだ。なぜ実行しないのか？　森のしずくでは犯行は正当なものであり、これは国家警察とは別の次元のものであり、勇気を出せば、行えるものである。犯行は、森のしずくの命令である。命令にそむく者は、四次元の世界に落ちろ」

僕はいよいよ追いつめられてしまい、あやつられるように、うろうろと夜の歩道を歩いていた。

「ああ、人生の終焉が近づいてきている。僕は、これまで、望みはしなかった。けしてこのような最期は望みはしなかったのだ……」

ふと見ると、彼が何かの用事で、外へ出て来たので、ためらわず、すたすたと歩いていって、

「こんばんは。いい月夜ですね。星空も美しい。あんな美しい星の一つになってみたいと思いませんか？」

とたずねた。

彼は急に緊張した態度になり、身を引き、

「おい。変な真似をすると、わかっているだろうな。おい」

と、これまでになかったような不自然な仕草で、僕を警戒するように見ている。

僕は急に勇気が出てきてしまって、

「森のしずくの命令はこうだ！」

と叫ぶと、彼にぶつかっていった。

彼はひらりとよけると、僕の背後から、強烈な武力的な腕力を、稲妻のようにすばやく、激しく、うちおろし、僕はあっというまに倒れ込んだ。

「神の啓示の勝ち」

そう言うと、彼は何事もなかったかのように、用事をすませるために歩いて行ってしまったのだった。

僕はその場に立ちつくし、彼はやはりただ者ではない、あんなに追いつめられていても、実力で、それをかわしてしまった、なんてすばらしい男性であろう、しかし愛の対象にはなれない、と、くちびるをかんでいたのだった。

ネオと僕の関係は一気に上昇していった。

老いている僕は、ネオの若々しさがうらやましかったが、ネオも僕のたくましい老いた硬くなった皮膚の一部に、魚の鱗のような、ロマンを感じて、なつかしい面差しで、

「ボクは日本へ行ったことはないけれど、いつか行ってみたい。連れていってくれ。お願いだ。西条」

と言っていた。

カシミールも同じようなことを僕にその豊かな表現力で、語ってきたが、彼は大げさに、とぼけた言葉で、下手なお世辞の入り混じった、僕を喜ばせるようなことばかり言ってきたのだ。

ネオはちがっていた。彼は真面目なので、僕の老いていくからだに、愛情を注ぎ込んで、悲しいような、むなしいような、せつない愛くるしい、男性的なやさしさを見せてくれた。

そんなネオが、神の啓示のために死んでしまった。

僕はその時から、時の始まりを告げる、教会の鐘の音を聞いた。

昔、ふるさとの村にあった寺の梵鐘の響きわたる、自然の空の光に満ちあふれた、風に流れる数々の鐘の音を。

僕は命令どおり、彼を殺した。

そしてすべてを隣の御主人と奥さんに話した。

「……ありがとう。私たちは、とんだまちがいを犯すところでした。彼は、いい人でした。あんなに付き合いやすい人は、いませんでした。でも、これも、時代の運命です。私たちは、彼のためにも、生きていかなければなりません」

僕たちは、神の啓示の報復を恐れた。

ただちに僕たちは、ミラノを去った。

美しい風景のなかで、僕たちは、言葉もなく、数時間以上も黙ったままでいたが、やがて、到着する駅が近づいてくると、やっとありったけの声を出して、おしゃべりになった。

12

御主人と奥さんは、その子供たちとともに、有名な修道院にかくまわれた。

大きな敷地と、世間から離れた自然の中に立つ立派な建物は、歴史を感じさせたが、この中で身の安全を守るために生活していくことにも、時間と人々の気分しだいの、神の密告がありそうに思われた。

修道僧たちはもう知っていた。この場所も安全ではないことを。

彼らさえ、二つのグループに分けられていて、けして対立の様子はみられなかったが、周囲の状況によっては、内部分裂するのはたやすいものと思われた。

僕はいったいどうして森のしずくは、僕たちをこんな所へ避難させたのであろう、と不思議に思ったが、カシミールの目の届かない場所に僕がいることが、一番大切なのだ、そう知らされた時は、やはり幹部である彼には、僕のことが、もう知られてしまっていたのだと、ふるえるような快感が身をおそった。

「カシミール？　よく知っていますよ。彼はブタです。畜生です。悪魔です。彼のために、彼のおかげで、私たちは、たいへんな不幸の底においやられてしまったのですよ。あなた、あんな男と知り合いだったなんて……。なんという偶然、奇遇、そして不愉快なことでしょう。ねえ、あなた」

「そのとおりだよ。西条さん。どうしてこれまで言ってくれなかったのだ？　わかっていたなら、……」

「わかっていたって、どうしようもありませんよ。カシミールは、ただの、普通の男ですよ。あんな男は、つまらない、大ぼらふきですよ。いまだに、僕は、なんで、彼が、有名になってしまったのかよくわからない。彼はうまくとり入って、あんな変人になってしまったのですよ」

「私たちのあの家は、警察でも、もう管理しようがない、と言っていました。今ごろ、神の啓示の、所有物になっていることでしょう」

「……すみません。僕のせいで、こんな事件に、巻き込んでしまって」

「とんでもないわ」

「森のしずくは、じつは、私が、作ったのだ」

「え？　今、なんて言いました？」

僕は耳を疑った。

御主人は笑って静かに語ってくれたが、本当なのか、うそなのか、まるで僕はわからなかった。

「……わかりましたか？　主人は、こんなことが大好きなんですよ。こうしていると、幸せなのです。困ったものです」

奥さんは御主人をながめながら、いつまでも、ほほえんでいた。

僕たちはこのフランスの片田舎にある修道院で、無事に暮らしていけるだろうかと心配していたが、御主人は毎日修道僧たちと、宗教的なにやらよくわからないことを、あきもせずくり返していた。

僕は、いったい彼らはなんのために、森のしずくを作り出したのか、不審に思った。

「……あの御主人だって、奥さんだって、普通の、市民だ。それに、むしろ、下層階級にいるような、おもしろい個性を持った、つまらない教養のない、馬鹿笑いをしてしまいそうな、ちょっと僕さえ目をそむけたくなるようなことにさえ、興味を示して、喜んでいるような凡人にすぎない。

……彼らは、いったい、森のしずくのために必要な人間なのだろうか？

彼らは必要ないのではないのだろうか？

彼らは森のしずくを作っただけで、責任は、僕らに、そして、彼ら以外の、もっと自由というものの使い道を知っている人たちが、森のしずくのために必要なのではないのだろうか？

御主人も奥さんも、子供たちも、ただの、置き物のように、あの十字架や、マリア像、そういった、……」

「私たちはあなたの力をためしたのです。どれくらい、四次元人たちの攻撃に向かっていけるかどうかと。

西条さんは、家を守れませんでしたけれど、私たちは、西条さんは、立派にあの一ヶ月を過ごしたと判断したのです」

僕は奥さんの話に耳を傾けたが、その複雑な、タイム・マシンのような、技術的な、計画的な、彼らの行動は、まるで裏と表のある人間のようで、好きになれなかった。彼らは、御主人と奥さんは、すでに数年前から、森のしずくを計画していたというのだ。

そして自分たちに四次元人たちによる不幸が直接ふりかかってきた時こそ、計画を実行する時であると、考えていた、ということだ。

「……だから、西条さん。私たちは、西条さんのおかげで、森のしずくを誕生させたのですよ。西条さんが、そのきっかけを作ったのです」

僕はなあんだそうか、それだったら、カシミールが神の啓示の幹部になれるのも当然だ、と思った。

「カシミールのやつ。みていろ。今にみろ。ひどい目にあわせてやる。あんな男は最低だ。不良だ。僕は、不良は好きではない。不良撲滅運動に参加して、カシミールのような奴は、地獄の底へつき落としてやる。いいきみだ。あの時、カシミールは僕に甘えてきたのに、もう、彼の甘えた顔など見たくもないよ。きっと、最後は、彼はよくないぞ」

僕は数日の間、ずいぶん成長して大人になった気分であり、少し裕福な家庭で育った健康的な若者の心が、この歳になってわかるような気持であったのだ。

僕は日本の座禅を思い出して、芝生の庭で、静かに仏の道を求めて数分間坐っていたのだが、心は澄みわたり、からだは軽くなり、尻の底でむずむずしていた、軽いかゆみも、やがて消えて、まさに日本を代表する僧侶の一人に今やっとなれたと感じた。

「なんてすばらしい一日であろう。明日も、あさっても、そして次の日も、こうしていられたならいいのに……。仏様。私は、この地に、寺を建立いたしますよ。そうしてキリスト教を追い出して、自由の天地を作り出してみせましょう」

「西条。何をしているのだ。ちょっと、来い」

僕は御主人の荒い息のまじった声に、我に返った。

森のしずくでは二等陸上部隊隊員にすぎない僕は、三等陸上部隊隊員の御主人に、ぺこぺこと頭を下げて、上官に従う部隊な男になって、いったい御主人は、このことをどう考えているのだろうと思った。

それから僕と御主人は、フランスの国旗をポールにあげて、修道院の人たちとともに、国歌を歌った。

僕はただハミングしているだけであり、フランス国歌などまったく知らないので、こんな場所で、こんなことをして、いったい御主人は、まったくわからない、確かに奥さんと似合いの夫婦だ、と思ってしまった。

そのうちに僕はここでの生活にあきてきてしまったので、ちょっと外へ出かけてみたが、近くで作業している人たちに声をかけ、いっしょに土を掘り返す仕事を半日手伝ってしまった。

僕のからだはなまっていたので、これで生き生きと、血のめぐりもよくなっていき、そのまま彼らといっしょに、酒場へ行って、酔っぱらって、ふらふらした足どりで森の木陰で寝てしまった。

気づくと、なにやら小声がするので、僕は直感的に、身をふせて、あたりをうかがい、すぐそばの木の根もとで、数人の男たちが、修道院の方を眺めながら、

「……どうも、あやしい。あの中にいるらしい、彼らは……」

という言葉を聞くと、神の啓示、神の啓示がやってきた、ついに、発見されてしまったのだ、早く知らせないと大変なことになる、神の啓示、神の啓示、カシミールの暴力は怖い。あんな怖い男といっしょに寝たなんて、僕は、運がよかったんだ。変なことをしていたなら、僕は、彼に何をされていたかもわからない。大変だ。

そう頭の中は混乱を始め、やっと僕は、自分が酔っぱらっていたのに気づいたのであった。

彼らはやがて去っていった。

僕はあとをつけた。

村の中に入り、一軒の家へ彼らは入っていった。

「あの家がアジトなんだな」

僕はよく記憶して、何度も何度も、その方向に向かって、矢印を地面にかいていた。

修道院ではただちにその家に行き、主人に、四次元人であるか、五次元人であるか、質問した。

「四次元人だが……」

「神の啓示に入っているのか?」

「はい。入会していますよ」

「修道院では、神の啓示については無関心であるが、森のしずくについては関心を持っている。私たちの中にも、四次元人と五次元人はいっしょに暮らしているが、トラブルはない。気の合った同士である。森のしずくの会員もいるが、僧侶である。ところで、特別にこの家には、不審な者が出入りしているそうだが、彼らに伝えてほしい。神は人を平等に愛するであろうと。わかったかな?」

「……」

「神は人を平等に愛するのだ。平等に」

「そうでしょうか？　そうは思いませぬ。神は森のしずくを愛しているように思われまする。そういうふうな世間の風潮に思われまする。私たちは、この不平等に対して、怒りを感じておりまする」

「そんなことはないぞ。けしてそんなことはないぞ」

「うそだ。それはうそだ。私たちは、やがて、五次元人たちにより消されるのだ。かつてのネアンデルタール人たちのように。クロマニヨン人のような奴らはきらいだ。もう帰れ。くそ坊主。くそくらえ。こんちくしょう」

「何を言っているのだ。とりみだして。はしたないぞ。……人間は平等に暮らしていかねばならぬのだ。それが世の中の摂理じゃ。そう思わぬか？」

男は突然襲いかかってきた。

すると奥にかくれていた者たちも飛び出してきて、

「神の啓示の力を思い知れ」

と叫ぶと、銃を乱射した。

しかしそれより早く上手にふせて銃で抵抗したので、彼らは全員息を引きとってしまった。

流れ弾により、修道院の者が二人息を引きとった。

僕は外で見ていて、その激しい銃撃戦に、もっとうまい方法があったであろうと思ったが、さけることのできない彼らの戦いは、こうして犠牲者をふやしていくのだと感じた。

僕たちは修道院をあとにした。

たった一週間ほどいただけであったが、もう数年も住んでいたような感覚があり、なぜか去るのがつらかった。

御主人は奥さんを抱いてクルマの後部座席でじっと外の闇の風景を見つめていた。

子供たちは悲しい目をして、つらいこれからの生活をいったいどうやって時間をつぶしていったらいいのだろう、という単純な悩みで苦しんでいるようであった。

急に明るい顔になったので、きっと楽しい方法をみつけ出したのだろうと、僕は感じ、

「神の啓示よりも早く、国境をこえましょう。早く。早く」

と言った。

子供たちははしゃぎだし、いっしょになって、

「早く、早く、……」

とくり返した。

僕はどんどんクルマを追い越し、タイム・マシンのようになって、光よりも早く、早く、と思いながら、いっそう近づいてくる、神の啓示の影をふりきり、北へ向かった。

そして荒れくるう海岸へ出て、ひと休みした。

「西条さん。そんなに急がなくても……」

奥さんはいつのまにかぐっすり寝込んでいたので、ねぼけたような変に色っぽい顔をして、ぽつりと言ったが、僕はそんな奥さんにさえも少しも同情することなく、まったく女というものは、こんな時でも、のんびりとため息をついて、夢のような恍惚の刺激をほしがっているものなのだろうか、と男の無知で素朴な疑問を抱いてしまった。

むしろ近頃、御主人に変に興味を抱き始めてきていた僕は、ああ、この男は、つまらない、きっと、つまらない男だ、わかる、わかるぞ、つまらない、そんなことを経験と勘からわりだしていた。

しかし人は服を脱ぎすててみないと真の姿はわからないもので、わくわくとする胸のときめきは、想像だけではおきないものであり、御主人と僕は、いつか親しすぎる間柄になってしまうのであろうか、とあらぬ想像をしているこの頃であった。

海は荒れていて、まるで僕たちの行く道のように、さまざまな障害を運んでくる、波とそのくだけ散る数々のおしよせる白いそして黒い海の怪物は、ものすごい音を立て、僕を不安な気持にさせた。

森のしずくはこうして波にもてあそばれる木の葉のように、不安な時代を歩き出したばかりであった。

13

古いアジア、新しいアメリカ、さわやかなヨーロッパ、水色の南米、まぶしいオセアニア、こだまするアフリカ。

さまざまな人種のるつぼの中に、文明は残酷な区別を、一直線に引いてしまったのである。

タイム・マシンなど空想の世界の乗り物ぐらいに考えていた頃は、とても今のような不可思議な、人間の成長過程における問題を、推測することさえなかった。

しかし文明は、人々の身体の一部となり、その世界観を変え続けてきていたのだ。

次元とは何か？

一、二、三、四、五、……。

線、平面、立体、立体プラス時間、そして五次元の世界は我々の住む世界となったのだ。

僕はくわしく知らない。

平凡な人間なので、これ以上は語りたくない。

僕たちはひまな時間をもてあましていた。

じっとしていることの苦手な森のしずくの中心にいる、平凡な大人の三人は、からだに蓄積されてきている、疲労をとるために、さかんに貧乏ゆすりをくり返していたが、こんなことで、運動不足の解消になるわけもなく、たまには思いっきり、自由を楽しみたいと思った。

すでに僕たちは、いくつもの国境を越え、気候の変化のいちじるしい、敏感な鼻の先の、感触のわずかばかりの、酸素量の減少に苦しみ出していた。

高山に登ると、空気が薄くなるのは当然のことであり、しかし人気のない森の奥へ入ることは、ある意味では安全であった。

鳥の声に目ざめ、林のざわめきに耳を澄ませ、川の流れの音に、深く人生を歩んできた年月の僕たちの足音を何気なく思い出した。

木々の葉は、酸素量を増大させるが、これほどの高山へ来ると、いつのまにか、人間の方が、天高く昇る星になってしまい、むしろ海の底の、深い色の海水の温度を急上昇させる、マグマの熱よりも、熱い感情が、空いっぱいに広がっていくようであった。

僕はむずかしい、哲学的なことばかり思ってしまい、いよいよ頭の中が、破裂しそうなほどに、夢見る旅人の宿の、美しいおかみさんの、天女のような誘惑の笑顔を奥さんに感じ、

「あっ、僕が変わっていく。男性から女性へ。不思議な感覚だ。これが、異性間の愛なのか……」

ふと思ってしまった。

しかしそれはまちがいであり、少しばかり退屈していた僕は、心のどこかで、地上

から激しい進撃をうけている、中世の山城の騎士たちの、はかない願いのようなものであったのだ、と知った。

やがて僕たちは、山をおりた。

いつまでもその場所にいることは、危険なことはわかっていた。

「西条さん。私の顔に何かついていたの?」

奥さんが言ったので僕はブルブルと顔をふって、

「いいえ、いいえ。そのお美しいお顔にゴミなどついているわけがありません。よく見ると、ホクロ、でした」

と言った。

「え? ホクロがありました? そうかしら? 変ねえ……」

「いいえ。鳥の糞でした。まちがいました。すみません。奥さん」

「変な人ね。相変わらず、変わったところはいつまでもそのままで、ずっと、きっと、そのままでしょう。絶対、直るはずがないわね。ふん」

僕はいやな気分になってしまって、もう早く、こんな人たちと別れて、一人で、鳥のように飛んでいきたいと思った。

それでもどこまでも僕たちは、手に手をとり合って、魔の手からのがれるために、さらに大きな都市の雑踏の中に消えるように無言のまま、とけ込んでいった。


僕たちはミュンヘンにいた。

この街の人通りのにぎやかな店の前で僕は捕らえられた。

僕はすぐに舌をかみ切ったが、偶然歯と歯の間にあめ玉があったので、うまくかみ切れず、生まれたばかりの赤ちゃんのような、可愛らしい唇をとがらせて、「痛い、痛い。どうにかしてくれ。助けてくれ。おい。助けろ。何をしているのだ。こんな状態では、何も、しゃべれないぞ。そうだろう？　そう思うだろう？　だから、治療のためにすぐに医者をよべ」

と横柄な口をきいて、神の啓示の者たちの失笑をかった。

僕はほんとうに痛かったのだ。

ところが意外と、神の啓示の者たちは親切で、

「わかりましたよ。すぐ、耳鼻咽喉科へ行きましょう。さあ」

と言って、わざわざタクシーを止めて、連れていった。

僕はあっけにとられて、親切すぎる、これには裏がある、あとでさんざんしぼられるのであろう、怖いなあ、いやだなあと、いつのまにか痛みも忘れていた。

彼らは僕がしゃべりづらいであろうと考えて、ボールペンを持たせ、

「ここに、すべてを白状しろ」

と真剣にさとすように言った。

「いやだ」

「白状しろ。楽になるぞ。そういうものだ」

僕は御主人と奥さん、子供たちのためにも、けして居場所を教えるわけにはいかなかった。

しかし彼らはたいした人物ではないので、少しは痛い目に遭うこともよいかもしれない、と思ったが、殺されるのはわかっていたので、やはりけして言うまいと誓った。

神の啓示の者たちは、僕が何も書かないとわかると、いよいよすごい事をしてきた

ので、僕はあっさり書いてしまった。

うそを書いたのである。

うそがばれてしまえば、また、僕は、すごい事をされるので、ばれてしまう前に、どうにかしてこの場から、逃げ出さなければと思った。

しかしどうしようもなかった。

数分後、僕は、また、痛い目に遭わされた。

うそを書いた。

またしばらく僕はほっとした。

「このやろう。いいかげんに白状しないともっともっと痛い目に遭わせるぞ」

「そんなことをしていいのか？　舌の治療をしてくれたでしょう？　やさしさが無駄になりますよ。いけませんよ」

「うるさい。西条。したたかな野郎だ」

僕はもうだめだと感じたので、舌を口の中で、ちょっとまげて、口をもぐもぐとし始めた。

「さるぐつわを！」

口の中に入れられたのは、近くにいた男の汚いスリッパだった。

僕は吐きそうになったが、しかたなく、顔を真っ赤にさせて、ボロボロと涙を流し、あごが疲れてきたので、片手をそえた。

御主人たちは、僕が帰って来ないので、心配しているだろうと思った。

子供たちは、おもしろいおじさんがいなくなって、いっそう退屈してしまうだろう。

しかし彼らは僕よりも目立たない人間なので、外を出歩いていてもすぐには神の啓示には見つからないであろう、と思った。

偶然すれちがったとしても、

「おや、……、森のしずくの……」

と考えたとしても、直接彼らが彼らであると確認するための、写真照合、指紋の一致、ホクロの位置、など、ていねいなことをいちいちしてみないとわからないと思われる。

そんなことをする前に、彼らは十分他人であるふりをして、神の啓示の者の目をごまかすことは出来るのだ。

僕がいなければ、彼らはもっとうまく身をかくすことが出来るくらいである。

どうして御主人たちは、そこまでして僕といっしょに行動をしているのか？

不安なのであろうか？

僕がいないと。

困ったことである。

森のしずくの中心人物が、そのような弱い人間であるということは、たまらなくせつない気がする。

僕はこんなにひどい目に遭わされているのに、御主人たちは、今頃、おいしそうな食事をとっているかもしれないのだ。

しかしそれでよいのである。森のしずくはもう一人立ちして、御主人の手からはなれて、大人になったのだ。


カシミールがやって来た。

こんな所で彼と再会するとは思ってもいなかった僕は、今の僕の立場を恥じた。顔をそむけていた。

彼はいつのまにか髪をのばし、その髪は、肩までたれさがっていた。

昔新聞で見た彼の風貌はどこかへいってしまっていた。

彼は変身していて、やはり別人のようにふるまうことを要求されてきていたのであった。

僕はたずねた。

「お前も馬鹿だなあ。どうして顔を知られるようなことをしたのだ？　お前らしくもないぞ」

「じつは、……、西条に知ってもらいたかったのだ……」

僕は、まだ彼は僕のことを愛していると思った。

「カシミール。僕に会いに来たのか？　なつかしいだろう？」

「うん。会えてよかった。うれしいよ。西条」

彼は僕を抱いた。

14

僕は賓客のように扱われた。

忘れていた感情はふたたび胸のとびらを開き、新鮮な空気は流れ込み、豊かにふくらんだ男たちの乳首はほこらしげに球を描いた。

かたときも僕を忘れたことはなかったカシミールは、僕よりも愛にうえていた狼のように、僕のつらい日々の記憶を、何度となく聞きたがった。

僕はカシミールなどは、忘れていた方が多かったので、時々とりつくろって、やさしい言葉をかけた。

あまりしゃべらないようにしていた。舌が治るまで。

僕に対する神の啓示の詰問はとだえた。

カシミールのおかげであった。


ミュンヘンにはいくつもの日本料理店があり、僕たちは食べにいったが、彼は日本へ行ってこのシンプルな美味なものを腹いっぱい食べたいと、きたない口の中のものを見せながら言った。

彼は理髪店へ行って髪を切った。店の人は彼に気づくと、

「カシミールだろう？　神の啓示はもうおしまいにしろよ。いいかげんおとなしくしないと、長生き出来ないよ」

そう髭を剃りながらつぶやいていたと、彼はおもしろそうに語った。

僕はローマでもらった爪切りで、彼の手足の全部の爪をていねいに切り、それらの指をやさしくもみほぐしてやった。

「くすぐったいよ。やめろよ。やめろ、西条……」

そして僕たちは別れた。

御主人と奥さんたちは僕が帰って来たので、喜びで顔をくしゃくしゃにして、子供のように飛び上がっていた。

「カシミールに会いました。すぐにミュンヘンを出ましょう。彼は気の変わりやすい男です。一刻も早く……」

子供たちがどこかへ行ってみつからなかったので、奥さんは血まなこになってさがしていたが、どこからか帰って来た子供たちは、手に傷を負っていた。

「どうしたの？　この傷は……」

「ころんだの」

「どこで？」

「変な男の人が追いかけてきたの。でも、私がころぶと、私を助けおこしてくれて、また行ってしまったの。前の方を見ると走っていく人がいたので、その人たちを追いかけていたみたい」

「そう？　西条さん。いつまでもここにはいられませんね」

「はい。準備をしてください」

御主人はもう入口から外をうかがっていた。

「落ち着きなさい。みっともない」

奥さんは小さな銃をわきのポケットに押し込んで、もう一つを彼に投げた。

御主人は片手で受けとると、

「お前こそ、しっかりファスナーをしめておけ」

と言った。

僕はこんな彼らに妙に親しみを覚え、ゆっくりと室内を見回すと、壁に自分のセーターがかかっていたので、

「さよなら」と言った。

どこからかオートバイの音が響いてきて、近づいてくると、建物の前で止まった。

僕は窓からそっとのぞくと、一人の男が、降りてヘルメットを頭からはずそうとしていた。

別の部屋の住人のようであった。

僕は外へ出て、

「マシンをかしてくれ。子供が急病なのだ」

と言うと、男からの返事をまたずにまたがって発進させた。

口の中がからからと熱を持って、まるで病気の時のように水分をほしがっているようだった。

真っすぐにカシミールのいた場所の方向へ走ったが、記憶はさだかではないので、不安になったが、それでもしばらくしてから彼とともに腕を組んで歩いた街並にオートバイは高い音を出してすべるように車輪のきしむ鈍いブレーキをかけながら、角をいくつも曲がり、停止した。

僕は発狂した人間のように、カシミールを殺害してしまおうと考えていたのだ。

ところが彼らはいなくて、もぬけのからであった。

僕はまた急いでもどってきた。

そして途中で彼らの乗ったクルマを発見した。

あとを追いかけた。

気づいた彼らは、窓をあけ、発砲してきた。

僕は正確に射撃するために、停車して、撃った。

続けて何発も撃った。

彼らは走り去った。


森のしずくの大きな情報網は、カシミールたちの、変幻自在の動きにとまどっていたが、いくら調べても彼らのコンピュータの回路の先には、不自然な記号である、〈LAST〉が現れるだけであった。

そのような記号は、最後、という意味であろうと、森のしずくでは考えたが、コンピュータの誤作動もありうるので、〈LAST〉はたんなる暗号であろう、と思っていた。

神の啓示の情報網は、森のしずくを上回っているように感じられた。

しかし僕は、心をこめて、カシミールとの最後のデートを立派にはたし、これからは浮気をいっぱいしてやろうと、すでに思いをめぐらしていたのだ。

こんな僕なので、もう四次元人たちの反抗は、おさまるものと思い始めていたが、カシミールたちは、いつまでも許すはずはないと、御主人と奥さんが言うので、ミュンヘンから国境を越え、僕らは北方の国へ向かったのだった。

御主人はもういい、と言った。

もう私は動けない。

スウェーデンのマルメという都市であった。

「そんな弱気になって、どうするのですか？　じゃあ、飛行機で海を越えてアメリカへ渡りましょう。シベリアを越えて、ウラジオストクへ。そして、新潟へ……。日本へ行きましょう……」

「主人はそう言っています。やめにしましょう。西条さん。これが私たちが犯した罪の罰なのです」

「弱気、弱気」

「ありがとう。しかし、もう、森のしずくは一人立ちして、自由に人々の心に育っていますから……。これでよかったのです。これが私たちの望みでしたから……。西条さん。長い間ごくろうさまでした……」

僕はこんな彼らの姿は見たくもなかったので、変に居直ってしまって、さかんに森のしずくの本部と連絡を取り合って、今後の打開策をさぐったが、本部のコンピュータの指令も、〈LAST〉の文字であったのだ。

これではいけないと僕は、御主人と奥さんたちの頭を冷やす意味でも、冬のスポーツをするようにすすめてみた。

「そうですねえ。スケートでもやりましょうか？　ねえ、あなた」

「うん。そうだな」

子供たちは大喜びであった。

僕たちはみんなで冬の白くなった北欧の雪原の広いベランダに立ち、薄い太陽のもとで互いの頬をこすり合い、白い息をとばし合い、お尻をぶつけ合い、雪を投げて追いかけて、楽しくはしゃぎまわった。

風は東からふいてきて、西の夕日にキラキラと輝く白い粉を美しい幻想的な結晶の反射のように光らせていた。

氷の結晶が六角形なのは、何か合理的な自然の法則によるものなのであろうが、人の求める愛の結晶も、きっと六角形なのであろうと、水分ばかりで出来ている人々は、そっと気づくかもしれない。

僕は知っているのだ。

愛の結晶は、とけ出すと、流れ出すことを。

少しセンチメンタルになってしまった。

この街は海からの風もふいていた。

人々は僕たちとは無関係に、遠い所からやって来た、見慣れない家族連れに少しも注意など払わず、むしろ冬の風景の中にいっぱいの暖かい暖房で曇った窓の中から、見つめていた。

スケート場には、数多くの人たちが動き回り、フィギュアスケートを練習している一人の美しい女性は、活動的な、ジャンプやスピンを何度もゆっくりと確かめるようにしていた。

「……あの人は、氷の巫女だろうか?」

「西条さん。どこを見ているのだい？」

「巫女が踊っているぞ。おかしいなあ。どうして、こんなところに現れて、人々の中に入って、いったいどういうつもりなのだろう？　巫女をつかまえてこよう……」

「いやだわ。いってしまったわ……」

奥さんが言った。

僕が近づいていくと、その巫女は、すうっとすべり出し、遠くへ去っていってしまったのだ。

僕は両足を交互に、前方へぎこちなく出して、体重のバランスに気をつかいながら、やっとどうにか十メートルほど彼女に接近していった。

彼女はくるりと向きを変えると、今度は、僕の方に向かって、なめらかにしかし、大胆な力強い躍動感にあふれた巫女のように、近づいてきた。

「やあ。巫女君。こんにちは」

彼女は僕のわきを通り過ぎると、そのまま遠くへ離れていってしまった。

僕はさらにあとを追ったが、ころんでしまい、腰を打ち、だらしなく氷の上にしゃがみこんだ。

　すると彼女はまたやってきて、僕の手前で停止して、

「日本の方ですね。すぐ練習が終わりますから、売店の前で待っていてください。じゃあ……」

　と言うと、離れていったのだった。

「どうしたのだ？　彼女と知り合いなのか？」

「もっとくわしくわけを話しなさい」

「僕は知りませんよ。あんな女の人は。他人に決まっているじゃあないですか。僕は女は嫌いだ。関心のないのは二人ともわかっていることじゃあないですか。知るわけがない。でも、どうしたのかなあ。なんで、僕に近づいてきたのだろう？」

「……用心した方がいいぞ。西条」

「はい」

　僕は巫女だと思っていた女性が、じつはとんでもない、背後に男たちのいる、悪の集団の手先なのではないのだろうかと思ってしまった。

「精神に異常を起こしているのではないかしら？」

奥さんは心配そうに御主人に言った。

「うん。この前も、美術館の中で、天使の像を、うっかり落としてしまい、天使の羽をこわしてしまって、青ざめていた……。どこかこの頃、普通の状態ではないようだ」

「あの人は、最初から、おかしな人でしたよ」

「ああいう人かと思っていたが、僕たちのかんちがいだったかもしれない……」

僕は完全にいかれていて、自分でも勝手に不思議な言葉が出てきてしまい、これはこれまでの僕の生活習慣が、百八十度変わってしまったここ数ヶ月の、おびただしい恐怖の体験のせいであろうと、自己診断していた。

巫女は服を着がえてやってきたので、誰だかわかるはずもなく、僕は御主人たちが向こうで笑っている様子が見えたのでなんとなく合図をかえした。

「……森のしずくでは、彼らをスウェーデンの軍に守らせるように要請しましたが、拒否されました。軍は、こわがっています。警察もだめです。力になれません。頼れるのは、あなた一人になりました。それでは……」

僕はがっかりしてしまい、それでもそれを態度に表すと、御主人たちにわかってしまうので、少しも動揺していないという感じを出すために、彼女と握手をして別れた。しびれるような感覚が、その手に走り、僕は彼女の力を込めた右手に、感謝でいっぱいの爪を立てた。

彼らは音もなくやって来て、無防備の御主人たちを連れ出して、どこかへ去っていった。

僕は何もできなかった。

ただ、一人、階段の手すりにつかまり、呆然と、見つめているだけであった。

僕は彼らがすぐに御主人たち家族を殺してしまい、彼らの目的は、そのまま完了したのだと感じた。

心から愛していた人たちがこれほど簡単に僕の目の前から去っていくということは、普通のことのように、静かな出来事であった。

僕は甘い汁《しる》の出るお菓子を口にほおばり、いつまでも吸い続けた。

――西条さん。時間のゆるすかぎりおしゃべりしますよ。

私たちはほんとうに楽しい日々を過ごしました。こんなに充実した日々はもうやってこないでしょう。

あのころあなたは、神経をふるわせているような、とてもきむずかしい人に見えました。

しかしそれはあなたの真実の姿ではありませんでした。

人は誰でも、最初はよくわかりませんね。

第一印象などというものも、たしかに重要ですが、西条さんの場合、まったくあてにならないことがわかりました。

あなたは人間ですか?

人間ではないように私は感じました。

ごめんなさい。失礼なことを言ってしまいました。

森のしずくがこんなに私たちを苦しめるようになるとはじつは思ってもいませんでした。

しかし後悔はしていませんよ。

さびしくもありませんよ。

タイム・マシンはこれからの乗り物ですから、人々は、この乗り物によって、さらに進歩をしていくでしょう。

人はどこからやって来て、どこへ行くのか。

私にもわかりませんが、ただ言えることは、永遠の先には美しい天国が待っている、ということでしょうか?

つまらないことを書いてしまいました。

私は、昔、日本へ行ったことがありますが、とてもよい印象を持って帰ってきました。

西条さんはどうして日本へもどらないのですか?

なにかわけでもあるのですか?

言えない理由がきっとあるのでしょう。

いつまでもそんな異星人の生活をしていると、よくないですから、といっても、西条さんは、他に生きていく方法を知らない人ですから、仕方がありませんね。

『五次元の世界は光の速度を超えた時だけに現れる世界です』

私はこの点をしっかり認識してもらうことで、自然と、人々の心は落ち着いてくるものと信じています。

そうすれば、また、人々は、おのずと自分の役割を知るようになるでしょう。

家内はもう疲れて寝ています。

子供たちも安らかな表情で、このままずうっと――

僕はすべての拘束から解放された気分で、マルメの街を歩き回った。

こんな北の地方へ来たのは初めてだったので、どこか旅行気分のまま、のんびりと散策するように、橋の上から雪のかたまりを落としてみたり、ふり返って、遠くのビルの向こうの青空に、オーロラをさがしてみたり、星空に北極星に近づいたのだから、

「もっと目立って光れ北極星」とどなってみたりしていた。

こんな僕の無知な知識からくる行動は、よほど都会の中では、さびしい一人の老人の、あてのない時間つぶしに見えるらしく、ふり返っている人々もいたが、僕はまったく気にすることなく、早く自由にこの街で暮らしていけるようになればいいと考えていた。

時は過ぎていき、僕は大変なことに気づき始めていた。

働かなければ……。

「きのうから、なにも食べていないのですけど……」

僕は人に近づいていって、言った。

やがて僕は無銭飲食でつかまってしまった。

著者プロフィール

山口 平良（やまぐち ひらなが）

1952年生まれ。
山梨県出身。
◎著書
・詩集「庭を荒らすカマキリ」（2008年　文芸社ビジュアルアート）
・「逸見道韮葉城城下伝奇集（踏切を物語が通過中　巻七）」
（2009年　日本文学館）

無臭の光

2010年7月15日　初版第1刷発行

著　者　山口 平良
発行者　瓜谷 綱延
発行所　株式会社文芸社
〒160-0022　東京都新宿区新宿1－10－1
電話　03-5369-3060（編集）
03-5369-2299（販売）

印刷所　神谷印刷株式会社

ISBN978-4-286-08979-9